新火盗改鬼与力

JN230302

鳥羽 亮

角川文庫
21635

目次

第一章　斬　殺

1

暮れ六ッ（午後六時）を過ぎ、大川端《おおかわばた》は淡い夕闇につつまれていた。川面《かわも》は黒ずんだ波の起伏を無数に刻み、両国橋《りょうごくばし》の彼方《かなた》の深い夕闇のなかに呑《の》み込まれていく。

日中は猪牙舟《ちょきぶね》、茶船、屋形船などが川面を行き交っているのだが、いまは船影もなく、轟々《ごうごう》という流れの音だけが、耳を聾《ろう》するほどに聞こえてくる。

岡っ引きの安造《やすぞう》は、大川端の道を川下にむかって歩いていた。そこは、浅草駒形《あさくさこまがた》町《ちょう》だった。駒形堂から二町ほど南に行ったところである。日中は駒形堂や浅草寺《せんそうじ》の参詣《さんけい》客などで人通りの多い道だが、今は人影もすくなく、ひっそりとして、聞こえてくるのは大川の流れの音だけである。

……遅くなっちまったな。早く帰《けえ》らねえと。

安造は胸の内でつぶやき、足を速めた。

安造は、浅草花川戸町《はなかわどちょう》にある賭場《とば》を探った帰りだった。鬼甚《おにじん》と呼ばれる親分が貸元をしている賭場である。名は甚蔵《じんぞう》だが、鬼のように怖いことから鬼の甚蔵、略して鬼甚と呼ばれていた。安造は長い間浅草を探り、やっと賭場のある場所をつきとめたのだ。

安造は、駒形町から諏訪町《すわちょう》に入った。さらに、通りは寂しくなった。暗くなっても店をひらいている飲屋、一膳《いちぜん》めし屋、小料理屋などはなくなり、どの店も表戸をしめていた。人影も、ほとんど見られなくなった。

そのとき、安造は背後から聞こえてくる足音に気付いて振り返った。半町ほど後ろに人影があった。

ふたり——。小袖《こそで》を裾高《すそだか》に尻《しり》っ端折《ぱしょ》りした遊び人ふうの男が、足早に歩いてくる。ふたりの両足が、夕闇のなかに白く浮き上がったように見えた。

安造は足を速めた。ふたりの男も足を速めたらしく、安造との間がひろがらなかった。ふたりの男は、安造の跡を尾《つ》けてくるようだ。

安造は、民家の途絶えた寂しい場所に通りかかった。道沿いに空き地や笹藪《ささやぶ》などがつづいている。

そのとき、安造は前方の川岸に植えられた柳の樹陰に人影があるのを目にした。夕闇につつまれているため、男か女かもはっきりしない。

……夜鷹《よたか》かもしれねえ。

と、安造は思った。駒形町近くの大川端には夜鷹が出て、男の袖を引くことで知られていたのだ。

安造は足をとめなかった。背後からくるふたりの男は、さらに足を速めたらしく、足音が大きくなった。

ふいに、前方の樹陰から男があらわれ、通りのなかほどに出てきた。総髪の武士だった。小袖に袴姿《はかますがた》で、大小を帯びている。

武士は右手を刀の柄《つか》に添え、足早に安造に近付いてきた。

安造は辻《つじ》斬りかと思ったが、すぐにちがうと気付いた。武士は、まっすぐ安造に近付いてくる。

武士は安造を狙い、ここで待ち伏せしていたようだ。しかも、背後からくるふたりの男と挟み撃ちにするつもりらしい。

安造は周囲に目をやって逃げ場を探した。だが、逃げ場はない。左手は大川、右手は笹藪に覆われている。すでに、背後のふたりは間近に迫り、笹藪のなかに逃げ込む間はなかった。

安造は笹藪を背にして立った。背後から攻撃されるのを避けようと思ったのだ。

安造は震える手で、懐から十手を取り出した。

安造の前に、総髪の武士が立った。右手を刀の柄に添え、左手で刀の鍔元《つばもと》を握っている。武士は面長で、細い目をしていた。夕闇のなかで、細い双眸《そうぼう》が獲物を狙う蛇のように見えた。

ふたりの遊び人ふうの男は、匕首《あいくち》を手にして安造の左右にまわり込んできた。間を大きくとっている。ふたりは安造が逃げるのを防ぐだけで、この場は武士にまかせるつもりらしい。

「て、てめえら、この十手《じって》が見えねえか」

安造は、手にした十手を前に突き出した。その十手が、震えている。

「そんな物は、何の役にもたたぬ」

武士がくぐもった声で言った。

「鬼甚の手の者か」

「どうかな」

武士は、ゆっくりとした動きで刀を抜いた。

「抜きゃァがったな」

安造は十手の先を武士にむけたまま後じさった。だが、背後に笹藪が迫り、それ以上下がれなくなった。

武士は刀を八相《はっそう》に構えた。そして、刀身をすこしずつ背後に倒し、剣尖《けんせん》を後ろにむけた。その刀身が、ほぼ水平になったところでとめた。

「か、刀が、見えねえ！」

思わず、安造が声を上げた。武士の手にした刀が、仄《ほの》かな青白いひかりとなってぼんやりと見えるだけである。

「霞薙《かすみな》ぎ……」

武士がくぐもった声で言った。

安造は強い恐怖に襲われ、その場から逃げようとした。だが、左右に匕首を手にした男が立っていた。逃げようがない。

「観念しろ」

言いざま、武士が間合をつめてきた。

咄嗟《とっさ》に、安造は武士の脇を擦り抜けようとして武士の左手に踏み込んだ。刹那《せつな》、武士の体が躍り、ヒュッ、という大気を斬り裂く音がした。

一瞬、稲妻のような青白い閃光《せんこう》が真横に疾《はし》った。安造の意識があったのは、そこまでである。

安造の首がだらりと垂れ下がり、崩れるように倒れた。

地面に伏臥《ふくが》した安造の首から血が迸《ほとばし》り出た。そして、赤い布を広げていくように地面を真っ赤に染めていく。

武士は地面に横たわった安造のそばに立つと、

「たわいもない」

と、つぶやき、手にした刀に血振《ちぶ》り（刀身を振って血を切る）をくれた。

「死骸《おろく》を片付けやすか」

遊び人ふうの男のひとりが、武士に訊《き》いた。大柄な男である。こちらが兄貴格かもしれない。

「通りの邪魔だな。笹藪のなかにでも、引き摺《ず》り込んでおけ」

武士が指示した。

「へい」

大柄な男は、もうひとりの痩身《そうしん》の男に声をかけ、ふたりで血塗《ちまみ》れになった安造の死体を笹藪のなかに引き摺り込んだ。

「長居は無用」

武士はその場を離れた。

ふたりの男も、武士の後を追っていく。

2

雲井竜之介《くもいりゅうのすけ》は、両腕を突き上げて大きく伸びをした。そこは雲井家の庭に面した座敷の縁側だった。

「今日も、いい日だ」

晴天だった。春の暖かな陽が縁側をつつんでいる。五ツ半（午前九時）ごろだった。竜之介は遅い朝餉《あさげ》を食べ終え、縁側に出てきたのだ。

竜之介は三十がらみ、面長で端整な顔立ちをしていた。胸が厚く、腰がどっしりとしている。剣の修行で鍛えた体である。

竜之介は、神道無念流《しんとうむねんりゅう》の達者だった。少年のころ、麴町《こうじまち》にあった神道無念流の戸《と》賀崎熊太郎《がさきくまたろう》の道場に入門し、稽古《けいこ》に励んだ。竜之介は剣術が好きだったし、剣の天《てん》稟《ぴん》もあったらしく、門人たちのなかでも群を抜いて腕を上げた。ところが、二十三歳のとき、父が隠居して御先手《おさきて》弓組に出仕することになり、戸賀崎道場をやめた。その後、道場での稽古はやらなくなったが、剣の腕は衰えていなかった。

「竜之介、早く着替えないと、遅れますよ」

座敷から、母親のせつが声をかけた。まだ、竜之介は独り身だった。せつが着替えを手伝ってくれるのだ。

竜之介は、俗に火盗改《かとうあらため》と呼ばれる火付盗賊改方《ひつけとうぞくあらためかた》の与力だった。役柄は、召捕《めしとり》・廻《まわ》り方である。主に、火付、盗賊、博奕《ばくち》にかかわる事件の探索と、下手人の召し捕りにあたっている。

召捕・廻り方の与力は七騎、それぞれに配下の同心がひとりずついた。総勢十四人で、江戸市中で起こる事件はもとより、ときには関八州《かんはっしゅう》に、さらに遠方にも出向いて下手人の捕縛にあたっている。

竜之介が仕えている火付盗賊改方の御頭は、横田《よこた》源太郎《げんたろう》松房《よしふさ》であった。横田は将軍出陣のおりに先鋒《せんぽう》をつとめる御先手組、弓組の頭でもあった。御先手組は弓組と鉄砲組に分かれ、どちらかが火付盗賊改方の頭の任につくことになっていた。加役《かやく》と呼ばれている。

「急ぐことは、ありませんよ」

竜之介はそう言って、縁側から座敷に入ってきた。いま、竜之介はこれといった事件にかかわっていなかった。多少出仕が遅くなっても咎《とが》められるようなことはない。

せつは、羽織、袴《はかま》の入った乱れ箱を膝先《ひざさき》に置いて、竜之介を待っていた。

「竜之介、そろそろお嫁さんをもらったらどう。……もう、子供がいてもおかしくない歳なんですよ」

せつが、袴を取り出しながら言った。

「こればっかりは、縁がないと、なかなか……」

竜之介は他人事《ひとごと》のような物言いをした。

そのとき、奥の座敷で、せつを呼ぶ声がした。父親の孫兵衛《まごべえ》である。孫兵衛は、六年ほど前まで、御先手組与力で八十石を喰《は》んでいたが、竜之介に家を継がせて隠居したのである。

「父上が、呼んでますよ」

竜之介が言った。

「どうせ、また碁ですよ」

せつが、うんざりした顔をして言った。

孫兵衛はすでに還暦に近かったが、持病もなく矍鑠《かくしゃく》としていた。家のなかに閉じこもっていることはなく、碁敵《ごがたき》の家に出かけたり、庭いじりをしたりしている。

「達者で、出かけられるのはいいことです」

「病で寝たきりより、いいわね」

せつは、乱れ箱を手にして立ち上がった。

「おれも、出かけるか」

そう言って、竜之介がせつにつづいて座敷から出ようとしたとき、縁先に近寄ってくる足音が聞こえた。

「旦那《だんな》さま、旦那さま」

縁先で、六助《ろくすけ》が竜之介を呼んだ。

六助は、長年雲井家に仕える下男である。すでに還暦に近い年寄りで、鬢《びん》や髷《まげ》には白髪が目立ち、すこし腰も曲がっている。

「どうした、六助」

「風間《かざま》さまが、お見えです」

「そこにいるのか」

竜之介は庭に面した障子をあけた。

風間柳太郎《りゅうたろう》が、六助の後ろに立っていた。風間は二十代半ば、眉《まゆ》が濃く、頤《おとがい》が張っていた。剽悍《ひょうかん》そうな面構えである。

風間は火盗改の同心で、竜之介の配下だった。いっしょに事件の探索や下手人の捕縛にあたることが多かった。

「どうした、風間」

竜之介が訊いた。

「これから、浅草の諏訪町へ行くつもりですが、雲井さまのお耳に入れてからにしようと思い、屋敷に寄らせていただきました」

風間が丁寧な物言いをした。

「話してくれ」

「岡っ引きが、殺されたようです」

「岡っ引きがな」

竜之介は、町奉行所の同心の手先が殺されたといっても、火盗改が出向くことはないと思った。

「それが、殺された岡っ引きは、鬼甚の賭場《とば》を探っていたようです」

「なに、鬼甚の賭場だと」

竜之介は聞き返した。

竜之介は、鬼甚と呼ばれる男のことを知っていた。名は甚蔵である。甚蔵は浅草を縄張りにしている親分で、いくつか賭場をひらいているという噂がある。

「そのようです。岡っ引きは賭場を探った帰りに、襲われたのかもしれません」

風間が言った。

「おれたちも、行ってみるか」

火盗改は、火付と盗賊だけでなく、博奕にかかわる事件の探索と下手人の捕縛も大事な任務だった。それに、これから横田屋敷に行っても、これといった仕事はないはずである。

「玄関先に、まわってくれ。すぐ、行く」

そう声をかけ、竜之介は座敷にもどり玄関にむかった。

3

「あそこです」

風間が前方を指差した。

大川端沿いの道に、大勢のひとが集まっていた。通りすがりの野次馬が多いようだが、八丁堀《はっちょうぼり》同心や岡っ引きと思われる男たちの姿もあった。事件の探索や下手人の捕縛にあたる八丁堀同心は、羽織の裾《すそ》を帯に挟む巻き羽織と呼ばれる独特の恰好《かっこう》をしているので、遠目にもそれと知れる。

竜之介と風間が近付くと、人だかりのなかから「火盗改の旦那だ」「雲井さまだ」などという声が聞こえた。どうやら、御用聞きや下っ引きのなかに、竜之介のことを知っている者がいるようだ。

その人だかりのなかに、八丁堀同心の姿があった。

「吉崎《よしざき》どのか」

竜之介は、北町奉行所、定廻《じょうまわ》り同心の吉崎政之助《まさのすけ》を知っていた。知っていたといっても、事件現場で顔を合わせ、話をしたことがあるだけである。

竜之介と風間が近付くと、人だかりが割れて道をあけた。火盗改と知れば、野次馬はもとより、御用聞きや下っ引きたちも身を引くのだ。

「雲井どのか」

そう言って、吉崎が立ち上がった。

吉崎の足元に、死体が横たわっていた。首を深く斬られていた。頸骨《けいこつ》も切断されたらしく、頭が捩《ねじ》れたように曲がっている。ただ、首を切断されたにしては、付近に血が飛び散っていなかった。

「おれが使っている御用聞きの安造だ」

吉崎が立ったまま言った。

「ここで、斬られたのか」

竜之介が訊《き》いた。

「斬られたのは、その辺りらしい。血が地面に飛び散っている」

吉崎が、五間ほど先を指差して言った。そこにも、岡っ引きや下っ引きが、何人か集まっていた。

「死体《おろく》は、笹藪《ささやぶ》のなかに引き摺《ず》り込んであったのだが、おれたちが、ここに引き出したのだ」

吉崎が言った。

「この傷に、心当たりは」

竜之介が訊いた。

「ない。雲井どのには、心当たりがあるのではないか」

吉崎が、竜之介に目をやった。

どうやら、吉崎は竜之介に安造を斬った下手人に心当たりがあったら、聞きたいと思って話しかけたようだ。

町奉行所の同心は、火盗改に反感を持つ者が多かった。火盗改は探索や訊問《じんもん》が荒っぽく、下手人が抵抗すれば情け容赦なく斬り捨てるし、過酷な拷問で自白させる。それに、町方同心が丹念に探って、やっと下手人を突き止めても、火盗改はたいした探索もせずに、怪しいというだけで捕縛して連れ去ることがあった。そうした火盗改のやり方を、町方同心は快く思っていなかったのだ。

「この傷は、刀によるものだ。下手人は、腕のたつ武士とみてもいいのではないか」

竜之介は、傷を見て分かったことを隠さずに話した。

「そうか」

吉崎はうなずいた。

「それに、これは変わった技による傷とみていい。刀を横に払って斬ったらしいが、これほど深く横に斬るのはむずかしいからな」

「……！」

吉崎の顔がけわしくなった。

「安造は、鬼甚の賭場を探っていたと聞いたが」

竜之介は、鬼甚の名を出して訊いた。

吉崎はうなずいただけで、何も言わなかった。

「鬼甚の子分に、殺されたのではないか」

竜之介が、思っていたことを口にした。

「そうかもしれぬ」

吉崎はそう言うと、竜之介に軽く頭を下げてその場を離れた。これ以上、竜之介と話したくないと思ったようだ。

その吉崎に替わって、風間がそばに来た。

「念のため、近所で聞き込んでくれ」

竜之介が小声で言った。

「承知しました」

すぐに、風間はその場を離れた。

その風間と入れ替わるように、吉崎と同じ北町奉行所の定廻り同心、松川弥之助《まつかわやのすけ》がそばに来た。

「死体《おろく》は、十分拝ませてもらったよ」

そう言って、竜之介は立ち上がった。これ以上、安造の死体を見ていても下手人に繋《つな》がるようなものはつかめないだろう。

竜之介が人だかりから離れると、背後から近寄ってくる下駄《げた》の音がした。振り返ると、年増《としま》だった。おこんである。おこんは、竜之介が使っている密偵《てさき》のひとりだった。

おこんは、竜之介に身を寄せると、

「旦那《だんな》、あたしにできることがあったら話しておくれ」

と、小声で言った。

おこんは色白の美人だったが、どことなく蓮《はす》っ葉《ぱ》な感じがした。

おこんは竜之介の密偵になる前、「当たりのおこん」と呼ばれる女掏摸《すり》だった。通りかかった相手の肩に自分の肩を当て、相手がよろめいた一瞬の隙をとらえて、懐中の財布を抜き取るのである。

おこんは、道で出会った竜之介が火盗改とは知らず、すこし酔っているのを見て、懐の財布を狙った。

おこんは竜之介の肩に自分の肩を当て、財布を取ろうとして手を伸ばした。その手を、竜之介につかまれて押さえられたのだ。

竜之介は、おこんを吟味したとき、

……この女は、密偵《てさき》に使える。

と、みた。そして、「おれの密偵にならないか」と訊いた。

おこんは戸惑うような顔をして口をつぐんでいたが、

「旦那の密偵なら、なってもいい」

と言って、承知した。

おこんは、すぐに掏摸から足を洗った。いまは小料理屋の女将《おかみ》である。そして、竜之介の密偵として密《ひそ》かに探索にあたっていた。おこんは聞き込みや張り込みなどにあたるが、掏摸の腕を生かし、狙った相手の懐から書状や証文などを抜き取って探索に役立てることもあった。

「おこん、集まっている男たちにそれとなく近寄ってな、話を聞いてみてくれ。安造を殺した者たちのことで、何か分かるかもしれぬ」

「任せて」

おこんは、すぐに竜之介のそばを離れ、立ち話をしている野次馬たちに近寄って、聞き耳をたてた。

この間、竜之介と風間も集まった者たちから話を訊いたが、下手人や甚蔵につながるような話は聞けなかった。

おこんも、同じだった。下手人につながるような話は聞けなかったらしい。ただ、安造が、浅草にある賭場《とば》を探っていたことははっきりした。野次馬たちのなかに、安造から賭場のことを訊かれた者がいて、分かったのである。

4

竜之介は、安造が殺された現場で聞き込みにあたった翌日、柳橋《やなぎばし》にある船宿、瀬《せ》川屋《がわや》に足を運んだ。

竜之介は事件の探索にあたるとき、自分の屋敷を離れ、瀬川屋に寝泊まりすることが多かった。

理由はふたつあった。ひとつは、舟である。瀬川屋には客を乗せる猪牙舟《ちよきぶね》がいつも用意してあった。それに、船頭もいる。江戸は河川や掘割などが縦横に張り巡らされていて、多くの地に舟で行くことができた。火盗改の御頭である横田家の屋敷へも、舟を使えばほとんど歩かずに行くことができる。

もうひとつの理由は、密偵だった。竜之介は、五人の密偵を使っていたが、頻繁に客の出入りする瀬川屋なら不審を抱かれずに集めることができたのだ。

竜之介は瀬川屋の裏手にある離れを借り、そこで寝泊まりしていた。竜之介は瀬川屋のあるじの吉造《よしぞう》と女将のおいそと昵懇《じっこん》にしていて、喜んで竜之介を離れに住まわせてくれたのだ。

吉造とおいそが喜んで火盗改の竜之介に瀬川屋の離れを貸してくれるのには、相応の理由があった。

竜之介がたまたま瀬川屋の客として飲んでいたとき、辰造《たつぞう》という地まわりが、些《さ》細《い》なことで因縁をつけ、瀬川屋から大金を脅し取ろうとした。この様子を見ていた竜之介は、辰造を捕縛し、瀬川屋は難を逃れた。

その後、吉造とおいそは快く、竜之介に離れを使わせてくれるようになった。竜之介にとって、瀬川屋の離れは事件の探索にあたる場としては都合がよかった。

吉造たちにとっても、竜之介がそばにいてくれることは有り難かった。竜之介がいることで、ならず者や地まわりなどは、瀬川屋に寄り付かなくなった。竜之介は、これ以上ない用心棒だったのである。

竜之介が離れで、おいそが淹《い》れてくれた茶を飲んでいると、戸口に近付いてくる下駄の音がし、

「雲井さま、入ってもいい？」

と、お菊《きく》の声がした。

「入れ」

竜之介が声をかけると、すぐに戸があいてお菊が顔を出した。

お菊は、瀬川屋のひとり娘だった。十六歳。色白で、鼻筋がとおり、花弁のような唇をしていた。なかなかの美人である。ただ、一人っ子で、両親に可愛がられて育てられたせいか、まだ子供らしさが残っていた。

「何か用か」

竜之介が、素っ気ない物言いで訊《き》いた。

「平十《へいじゅう》さんに頼まれて来たの。舟の用意ができたから、桟橋に来てほしいって」

お菊が、頰を赤らめて言った。

平十も、竜之介が使っている密偵のひとりだった。ふだん瀬川屋で船頭をしている。竜之介が舟を使いたいとき、平十に舟を出させることが多かった。

「すぐ、行く」

竜之介は、傍らに置いてあった刀を手にして離れから出た。

お菊は竜之介の後についてきて、

「雲井さま、どこへ行くの」

と、小声で訊いた。

「怖いところだ。鬼のいるな」

竜之介が歩きながら言った。

「どこなの」

お菊は、竜之介に身を寄せてきた。顔に、好奇の色がある。

「平十の舟で行く。いっしょに行きたければ、連れていくぞ」

「行かない」

お菊は、足をとめた。

竜之介が瀬川屋の桟橋に下りると、平十が猪牙舟の艫《とも》に立ち、棹《さお》を手にして待っていた。

「乗ってくだせえ」

平十が声をかけた。

竜之介が舟に乗り込むと、平十は棹を巧みに使って、水押《みお》しを下流にむけた。舟は流れに乗り、大川の川下にむかっていく。

平十は竜之介の密偵になる前から、瀬川屋の船頭をしていた。その平十が竜之介の密偵になったのは、それなりの理由があった。

平十は博奕《ばくち》好きで、船頭の仕事の合間に賭場に出かけていた。火盗改が賭場に手入れしたとき、客のなかに平十がいた。

竜之介は、平十を見逃してやった。以前から瀬川屋に出入りしていて、平十を知っていたからだ。

そのとき、竜之介は平十を密偵として使えるとみた。平十は賭場に出入りしていたので、賭場や博奕打ちのことを知っているはずである。それに、竜之介にとって舟を使えるのが、何より魅力だった。瀬川屋から、江戸の各地に舟で行き来できるのだ。

平十は、竜之介の密偵になることを承知した。同時に、博奕からも足を洗った。そうした経緯《いきさつ》があって、平十は竜之介の密偵になったのだ。

竜之介の乗る舟は、大川を下っていく。晴天ということもあり、大川は猪牙舟、箱船などが頻繁に行き来していた。

竜之介は、火盗改の御頭である横田の住む屋敷に行くつもりだった。鬼甚の賭場を探っていたと思われる御用聞きが何者かに殺されたことを話すとともに、今後どうするか横田の指図を受けるためである。

横田家の屋敷は、築地《つきじ》の西本願寺《にしほんがんじ》の裏手にあった。舟に乗って大川を下れば、ほとんど歩かずに屋敷の前まで行くことができる。

舟は永代橋《えいたいばし》をくぐり、佃島《つくだじま》の脇を通って、明石町《あかしちょう》の脇まできた。すると、平十は棹を巧みに使って、水押しを右手にむけ、掘割にかかる明石橋の下をくぐった。

さらに、舟は掘割を西にむかい、西本願寺の近くまで来ると、水押しを右手にむけた。舟はいっとき堀を進み、横田家の近くまで来ると、

「舟をつけやすぜ」

平十が声をかけた。

平十は掘割にある船寄《ふなよせ》に水押しをむけ、ゆっくりと船縁《ふなべり》をつけた。

5

「旦那《だんな》、下りてくだせえ」

平十が声をかけた。

竜之介は船寄に下りると、舟の艫に立っている平十に、

「平十、屋敷に寄るか」

と、訊いた。

「あっしは、このまま帰《けえ》りやす。陽が沈むころ、迎えに来やすから」

そう言って、平十は棹を使い、舟を船寄から離した。そして、水押しを掘割の入ってきた方向にむけた。

竜之介は、苦笑いを浮かべただけで何も言わなかった。

平十だけでなく、竜之介が使っている密偵たちは、横田家の屋敷に入るのを嫌がった。屋敷には、捕らえた罪人を訊問《じんもん》するときに使われる拷問蔵《せめぐら》があった。そこには、横田棒と呼ばれる恐ろしい責具《せめぐ》があった。

横田棒は横田が自ら考案した物で、石抱きの拷問のときに使われる角材である。訊問する下手人をその角材の上に座らせて、白状しないときは腿《もも》の上に平石を積んでいくのだ。その平石の枚数によって、下手人の脛《すね》の皮膚が破れ、血が流れ出る。さらに石を積むと、足の骨にまで角材が食い込むのだ。その苦痛は激しく、どのような剛の者でも耐えられないと言われている。

密偵たちが横田屋敷を恐れたのは、まかり間違えば己も横田屋敷で拷問を受けたかもしれないという思いがあったからだ。

竜之介は横田屋敷の門前まで来ると、いつものように門番に来意を告げて門をくぐった。そして、屋敷の玄関脇にある与力詰所に立ち寄った。詰所には、だれもいなかった。与力たちは屋敷を出て、それぞれの任務にあたっているのだろう。

竜之介は詰所を出ると、用人部屋に行き、用人の松坂清兵衛《まつざかせいべえ》に会った。

「松坂どの、御頭はおられようか」

竜之介が訊いた。勝手に屋敷内に入って、横田に会うことはできない。松坂を通すのである。

「おられるが」

「御頭に、お会いしたいのだが」

「すぐに、殿にお伝えするので、しばしお待ちくだされ」

そう言い残し、松坂は用人部屋を出た。

いっときすると、松坂はもどって来て、

「殿は、御指図部屋で待つようにと仰せです」

と、竜之介に伝えた。御指図部屋は、ふだん横田が与力と会って報告を聞いたり、指図したりするときに使われる。

竜之介は松坂とともに御指図部屋に入ったが、まだ横田の姿はなかった。いっときすると、廊下を忙しそうに歩く足音がし、障子があいて横田が姿を見せた。横田は羽織に小袖《こそで》姿だった。

横田は四十過ぎで、男盛りといっていい歳である。眉《まゆ》が濃く、頤《おとがい》が張っていた。剛毅《ごうき》な面構えである。

横田は部屋の上座に腰を下ろすと、「松坂は、下がってよい」と声をかけた。

松坂は横田に頭を下げるると、すぐに腰を上げて座敷から出ていった。

横田は松坂の足音が遠ざかるのを待って、

「鬼甚のことか。御用聞きが、殺されたそうだな」

と、竜之介に訊《き》いた。すでに横田は鬼甚のことを知っていたが、御用聞きが殺されたことも耳に入っていたらしい。

「はい」

竜之介は答え、あらためて頭を下げた。

「林崎《はやしざき》と島根《しまね》から聞いたのだ」

林崎源次郎《げんざぶろう》と島根藤三郎《とうざぶろう》は、竜之介と同じ召捕・廻《まわ》り方の与力だった。

「林崎どのと島根どのも、鬼甚の探索にあたっているのですか」

竜之介が訊いた。

「まだ、探索にあたっているわけではない。噂を耳にし、わしの指図を聞くために来たようだ」

「それで、御頭はふたりにどのように命じられたのですか」

「まだ、探索にあたるのは早いと申しておいた。町方の御用聞きがひとり殺されたそうだが、おそらく、町方が下手人の探索にあたっておろう。まだ、われらが多勢で事件にあたるのは早い」

「いかさま」

竜之介も、いまの段階で、火盗改の与力が何人も事件にあたることはないと思った。

「それでな。雲井に頼む。まず、鬼甚の居所と賭場《とば》のある場所を探ってくれ。様子を見て、他の与力にも、探索にあたらせる」

横田は、まず竜之介に鬼甚の探索をさせるつもりで、林崎と島根には命じなかったようだ。

「心得ました」

それから、竜之介は岡っ引きを斬ったのは、武士らしいことや賭場は浅草のどこかにあることなどを横田に話した。

「武士もいるのか」

「はい」

「雲井、心してかかれよ」

そう言い置いて、横田は腰を上げた。

竜之介は横田が座敷を出るのを待って立ち上がり、用人部屋にもどった。そして、松坂に用が済んだことを伝えてから、横田家の屋敷を出た。陽は、西の家並のむこうに沈みかけていた。

竜之介は舟を下りた船寄に行ったが、まだ平十の姿はなかった。いっとき待つと、平十の舟が見えた。

平十は慌てた様子で棹《さお》を使い、船寄に船縁をつけた。

「お、遅れちまった。申し訳ねえ」

平十は、艫《とも》に立ったまま竜之介に頭を下げた。

「気にするな。御頭との話が早く済んだのだ」

そう言って、竜之介は舟に乗り込んだ。

平十は手にした棹を使って、水押《みお》しを大川の方にむけた。竜之介は舟が、大川に出たところで、

「平十、頼みがある」

と、声をかけた。

「何です」

平十が大きな声で訊いた。水押しが川面《かわも》を分ける水音で掻《か》き消され、大声でないと聞こえないのだ。

「明日、おこんと茂平《もへい》に、瀬川屋に顔を出すように話してくれんか」

竜之介は、密偵たちの力を借りようと思ったのだ。

「寅六《とらろく》と千次《せんじ》は、どうしやす」

平十が訊いた。竜之介が使っている密偵は、平十、おこん、茂平、寅六、千次の五人である。

「寅六と千次にも、様子をみて声をかける」

竜之介は、鬼甚のことをすこし探ってみて、必要があれば寅六と千次にも声をかけるつもりだった。

6

竜之介は瀬川屋の離れでひとり、おいそが淹《い》れてくれた茶を飲んでいた。そのとき、戸口に近付いてくる何人かの足音が聞こえた。

足音は戸口でとまり、

「雲井の旦那《だんな》、おこんと茂平を連れてきやした」

という、平十の声が聞こえた。

「入ってくれ」

竜之介が声をかけた。

板戸があき、平十につづいておこんと茂平が入ってきた。

竜之介は、三人が座敷に腰を落ち着けるのを待ち、「茂平たちにも、茶を淹れてもらおう」と言って、立ち上がろうとした。

「女将《おかみ》さんが、茶を淹れてくれることになってやす。桟橋を上がったところで、女将さんに会いやしてね。旦那のところへ来たことを話したんでさァ」

平十が、慌てて言った。

「そうか」

竜之介は、おいそが茶を淹れてくれるのを待とうと思った。

「旦那、鬼甚のことかい」

おこんが訊いた。

「そうだ。茂平とおこんの手を借りようと思ってな」

「旦那から、近いうちに話があると思って、待ってたんですよ」

おこんが言った。

おこんの傍らに腰を下ろした茂平は黙ったまま竜之介に目をむけている。

茂平は寡黙な男だった。こうした場では、黙って話を聞いていることが多い。歳も、はっきりしなかった。四十がらみに見えるが、茂平に訊いても、忘れたと答えるだけである。茂平は竜之介の密偵になる前、「蜘蛛《くも》の茂平」と呼ばれるひとり働きの盗人《ぬすっと》だった。

茂平は身軽で、盗みに入ると、蜘蛛のように天井にぶら下がったり、気配を消して暗がりに身を隠していたりする。それで、茂平を知る盗人仲間から「蜘蛛の茂平」と呼ばれていたのだ。

竜之介は茂平の仲間の密告で、茂平が油問屋を狙っていることを知った。竜之介は、油問屋に待機し、茂平があらわれるのを待って捕らえた。

竜之介は、茂平の身軽さや暗がりに身を隠す見事な動きなどを目にし、この男を殺すのは惜しいと思った。

竜之介は、茂平とふたりだけになるのを待って、

「茂平、おれの密偵《てさき》にならないか」

と、訊《き》いてみた。

茂平は思いもしなかった竜之介の誘いに、驚いたような顔をしたが、

「相手が、盗人のときだけやらせていただきやす」

と、答えた。茂平は自分を密告した仲間に仕返ししてやろうと思ったらしい。

その後、茂平は竜之介の密偵として働くようになった。当初は、約束どおり相手が盗人のときだけ、竜之介の指図で事件の探索にあたっていた。ところが、竜之介や密偵仲間といっしょに行動しているうちに、盗人以外の者が起こした事件でも探索にあたるようになった。独りで闇の世界に生きてきた茂平には、竜之介や密偵たちが掛け替えのない仲間に思えたようだ。

「先日、御頭に会ったのだ」

竜之介はそう前置きし、横田からの指示を話した。

その話を終えたとき、戸口に近付いてくる下駄《げた》の音がし、おいそとお菊が姿を見せた。ふたりは、密偵たちに茶を淹れてくれたらしい。

竜之介は話をやめ、おいそとお菊が茶を出し終えるのを待った。

「雲井さま、何かあったら声をかけてくださいね」

おいそはそう言い残し、お菊を連れて離れから出ていった。座敷の雰囲気を見て、何か大事な話があって集まっているとみたらしい。

竜之介は、おいそとお菊が離れから出ていくのを待って、

「御頭から、鬼甚の賭場《とば》を探るよう命じられてな。これから、探索にあたることになる」

と、切り出した。

「下手に動けないよ。殺された岡っ引きの二の舞いになるからね」

おこんが言った。

「おこんの言うとおりだ。鬼甚の目がどこにあるか分からない。それに、腕のたつ武士がいるようだ」

竜之介はそう言っていっとき間をおいてから、さらにつづけた。

「賭場や鬼甚を探っていると気付かせないように動くしかないな。人出の多いところに、たむろしている遊び人にでも、それとなくあたってみるといい」

「浅草寺と駒形堂の近くがいいよ」

おこんが言った。おこんは掏摸《すり》だったとき、人出の多い浅草寺の門前通りや駒形堂の周辺で仕事をしていたらしい。

「いずれにしろ、何か知れたらここに来てくれ」

竜之介が言い添えた。

それで、竜之介たちの話は終わった。

おこんと茂平は離れから出ていったが、平十だけがその場に残った。

「旦那は、どうしやす」

平十が訊いた。

「おれも、明日、浅草寺近くで話を訊いてみるつもりだ」

竜之介は、浅草でも賑《にぎ》やかな浅草寺の門前近くで、話の訊けそうな者を探してみるつもりだった。

「あっしも、お供しやしょう」

平十が、駒形堂の近くの桟橋に舟をとめれば、浅草寺の門前通りから広小路《ひろこうじ》に出られることを話した。

「頼む」

竜之介は、平十の舟で駒形堂の近くまで行こうと思った。

7

翌朝、竜之介はおいそが仕度してくれた朝餉《あさげ》を食べ、一休みした後、瀬川屋の桟橋にむかった。そろそろ平十が来ているとみたのである。

竜之介が思ったとおり、平十は桟橋に来ていた。猪牙舟《ちょきぶね》の船底に莫蓙《ござ》を敷いているところだった。竜之介のために用意してくれたらしい。

平十は竜之介の姿を目にすると、舟のなかから首を伸ばし、

「旦那、乗ってくだせえ」

と、声をかけた。

竜之介が舟に乗り込み、莫蓙の上に腰を下ろすと、平十は舫《もや》い綱を外し、艫《とも》に立って棹《さお》を握った。

「舟を出しやすぜ」

平十は棹を使って、水押しを上流にむけた。

舟は、左手に浅草御蔵を見ながら大川を遡《さかのぼ》っていく。浅草御蔵を過ぎ、さらに大川を遡ると、前方左手に駒形堂が見えてきた。

平十は駒形堂の近くまで来ると、

「舟をとめやすぜ」

と、竜之介に声をかけ、水押しを左手にある桟橋にむけた。

そこは、近くの船宿の桟橋らしかった。平十は桟橋に舟をとめ、舫い杭《ぐい》に舫い綱をかけてから、

「旦那《だんな》、下りてくだせえ」

と、竜之介に声をかけた。

すぐに、竜之介は舟から桟橋に下りた。そして、平十が舫い杭に舟を繋《つな》ぐのを待ってから、通りに出た。

そこは大川端沿いの通りだった。駒形堂が近いせいもあって、行き来するひとの姿が多かった。

「こっちでさァ」

そう言って、平十が先に立った。

竜之介と平十は、駒形堂の脇に出ると、浅草寺の門前通りに足をむけた。門前通りも賑わっていた。参詣客《さんけいきゃく》の他に、遊山に来たらしい男の姿も目につく。門前通りには料理茶屋や料理屋、それに女郎屋などもあり、遊山に来る男もすくなかっ

たのだ。

竜之介と平十は、門前通りを北にむかって歩いた。浅草寺が近付くにしたがって賑やかになり、さらに人通りが増えた。絶え間なく、ひとが行き交っている。

竜之介は、通りの左右に目をやりながら歩いた。話の聞けそうな男はいないか探したのだが、目につくのは参詣客や遊山客ばかりで、賭場や鬼甚のことを知っていそうな者はいなかった。

竜之介と平十は、浅草寺の門前の広小路に出た。広小路も、人通りが多かった。様々な身分のひとが行き交っている。

竜之介たちは広小路に出ると、西方に足をむけた。突き当たりに、東本願寺の堂塔が見えている。

いっとき歩くと、行き交う人の姿はまばらになり、路傍でたむろしている遊び人ふうの男も見掛けるようになった。金になりそうなことを探しているのかもしれない。

「旦那、楊枝《ようじ》屋の脇にいる男に訊いてみやすか」

平十が、通り沿いで店をひらいている楊枝屋に目をやって言った。楊枝屋は浅草寺の参道沿いに多いことで知られていた。

楊枝屋はちいさな店で、店先の棚に楊枝が並べてある。若い女がひとり、店番をしていた。その店の脇で、遊び人ふうの男がひとり、通りを行き交うひとに目をやっている。金になりそうな鴨でも探しているのかもしれない。

「平十が、訊《き》いてみてくれ」

竜之介が言った。

平十は男に近付いた。竜之介は通行人を装い、平十のそばをゆっくりと歩いている。平十に何かあれば、走り寄って助けるつもりだった。

平十は通りの邪魔にならないように楊枝屋の脇に行ってから、

「おめえさんに、訊きてえことがあるんだがな」

と、声をかけた。

「何を訊きてえか知らねえが、ただで訊こうってえのか」

男が薄笑いを浮かべて言った。

「そうか。気付かなかったな」

平十は巾着《きんちゃく》を取り出し、銭を何枚かつまみ出して男の手に握らせてやった。

「すまねえなァ。それで、何が訊きてえ」

男が目を細めて言った。

「この辺りにある、と聞いてきたんだがな」

平十はそう言った後、賭場で壺《つぼ》振りが壺を振る真似をして見せた。平十は賭場に出入りしていたことがあったので、真似ることができたのだ。

「博奕《ばくち》かい」

男の顔から薄笑いが消えた。

「知らねえのか」

平十が男に身を寄せて言った。

「知ってるよ」

男が急に声をひそめた。

「どこにある」

「田原町《たわらまち》にあると聞いてるぜ」

男は賭場《とば》に行ったのではないようだ。遊び仲間から、賭場のある場所を聞いていたのだろう。

「田原町のどこだい」

すぐに、平十が訊いた。田原町は一丁目から三丁目まであるひろい町だった。

「一丁目だ。近くに、ちいさな神社があると聞いたぜ」

「神社がな」

平十はそれだけ聞けば、賭場はつきとめられるとみた。

平十が男から離れて歩き出すと、すぐに竜之介が身を寄せてきた。

「旦那、賭場のある場所が知れやしたぜ」

平十はそう言った後、男から聞いたことをかいつまんで竜之介に話した。

8

「行ってみよう」

竜之介は平十から話を聞くと、すぐにその気になった。

竜之介と平十は、浅草寺の門前の広小路を東本願寺の方に向かって歩いた。しばらく歩くと、東本願寺の裏門の前の道に突き当たった。ふたりは、裏門の前の道を南にむかった。田原町一丁目は、その道を南に歩いた先にある。

竜之介たちは田原町一丁目まで来ると、通り沿いにあった八百屋に立ち寄り、近くに神社はないか訊いてみた。

「近くにはねえが、門前通りの突き当たり付近にあると聞いてやす」

親爺《おやじ》が言った。

竜之介たちは、東本願寺の門前通りの方へ足をむけた。そして、門前通りに突き当たる場所まで来ると、通りかかった近所の住人らしい子連れの女に、

「この近くに、神社はないかな」

と、竜之介が訊いた。

「神社なら、そこの米屋の脇の路地を入った先ですよ」

女が通り沿いにあった米屋を指差して言った。

竜之介と平十は、米屋に足をむけた。店のなかで唐臼《からうす》を踏んでいる親爺らしい男の姿が見えた。

竜之介たちは、米屋の脇の路地に入った。いっとき歩くと、平十が足をとめ、

「旦那、そこに神社がありやす」

と言って、路地の先を指差した。

神社らしい祠《ほこら》と杜《もり》が見えた。杜といっても、松や欅《けやき》などがわずかに植えてあるだけだった。祠もちいさかった。神主は住んでいないのかもしれない。

「賭場は、この近くだったな」

竜之介は路地沿いに目をやったが、賭場らしい家屋はなかった。

「近所で、訊いた方が早いな」

竜之介が言った。

「旦那、むこうから棒手振《ぼてふり》が来やすぜ。あっしが、訊いてみやす」

平十は、すぐに棒手振の方に小走りにむかった。

竜之介は、路傍に身を寄せて待っていた。ここは、平十にまかせようと思った。棒手振も、武士より町人の方が話しやすいだろう。

いっとき、平十は棒手振と話していたが、先に棒手振が歩きだした。そして、竜之介の脇を天秤棒《てんびんぼう》をかついで通り過ぎた。

平十は棒手振からすこし間をとって、竜之介に近付くと、

「賭場は、二町ほど先にあるようですぜ」

そう言って、平十は首をひねり、「棒手振も噂を聞いただけで、賭場かどうかはっきりしねえようでさァ」と言い添えた。

「ともかく、行ってみよう」

竜之介は、路地を歩きだした。平十はついてくる。

竜之介たちは二町ほど歩いたが、賭場らしい建物は見当たらなかった。もっとも、すぐにそれと分かるような建物では、町方に知れてしまう。当然、見ただけでは賭

場と知れないような家屋を使っているだろう。

「そこの古着屋で、訊いてみるか」

竜之介は通り沿いにあった古着屋を目にとめて言った。店のなかに、びっしりと古着が吊《つる》してあった。客はいないようだ。

「おれが、訊いてみる」

店のなかは薄暗かった。澱《よど》んだ大気のなかに、黴《かび》と汗の臭いがした。古着の発する臭いらしい。

古着屋の親爺らしい男が、店の奥の小座敷で古着を広げていた。売り物になるかどうか品定めしているらしい。

「い、いらっしゃい」

親爺が、驚いたような顔をして竜之介を見た。古着屋とは縁のなさそうな武士が、いきなり入ってきたからだろう。

「町方の者だ。訊きたいことがあってな」

竜之介は、火盗改《かとうあらため》ではなく町奉行所の同心のふりをしようと思った。まだ、甚蔵たちに火盗改が探っていることを知られたくなかったからだ。

「八丁堀の旦那《だんな》ですかい」

親爺は戸惑うような顔をした。

「この近くに、賭場があると聞いてきたのだがな。それらしい家が、見つからないのだ」

竜之介が言った。平十は、町方同心の手先のような顔をして控えている。

「あ、ありやした」

親爺が、声をつまらせて言った。

「どこにある」

「いまは、ねえんでさァ」

「いまはないだと、どういうことだ」

竜之介の語気が強くなった。

「噂を聞いただけで、はっきりしねえんですがね。二月《ふたつき》ほど前、賭場を閉じたと聞きやした。その後、家はしまったままで、だれも寄り付かねえんでさァ」

「その賭場は、どこにあった」

竜之介は、念のため確かめてみようと思った。

「半町ほど先に、古い借家がありやす。それが、賭場だったんですがね。いまは、雨戸をしめたままでさァ」

「借家な」

そう呟《つぶや》いた後、竜之介は、

「賭場《とば》は、別のところにひらいたのではないか」

と、声をあらためて訊いた。

「噂ですがね。駒形町の方で賭場をひらいたと聞きやした」

「駒形町だと！」

竜之介の声が、大きくなった。そのとき、竜之介の脳裏に、殺された岡っ引きの安造のことがよぎったのだ。

安造は、駒形町にある鬼甚の賭場を探りにいった帰りに、殺されたのではあるまいか。

……安造を殺したのは、鬼甚の手の者だ！

と竜之介は胸の内で声を上げた。

「手間をとらせたな」

そう声をかけ、竜之介は古着屋を出た。

竜之介は、念のため平十を連れて路地を半町ほど歩き、親爺が話した借家の近くまで行ってみた。

借家は、路地からすこし入ったところにあった。借家の近くは空き地や笹藪《ささやぶ》になっていて、賭場にはいい場所だった。

竜之介たちは借家に近付いてみた。家は静寂につつまれ、ひとのいる気配はなかった。それに、戸口近くに新しい雑草の芽が出ていたので、古着屋の親爺が話していたとおり、ここ二月ほどひとの出入りがなかったことが分かった。

「今日はこれまでにして、瀬川屋に戻ろう」

竜之介が、平十に声をかけた。

第二章　密偵たち

1

竜之介は瀬川屋の離れで、遅い朝餉《あさげ》を食っていた。おいそが運んでくれたのである。

そのとき、戸口に近寄ってくる下駄《げた》の音がし、

「雲井さま、風間さまがみえてます」

と、お菊の声がした。

「入ってくれ」

竜之介は茶碗《ちゃわん》に残っためしを急いで食べた。

すぐに戸があいて、風間とお菊が顔を出した。

「食事中でしたか」

風間は戸惑うような顔をした。

「食べ終えたところだ」

そう言って、竜之介は箱膳《はこぜん》を脇へ置いた。

「風間、何かあったのか」

竜之介が訊いた。

「いえ、雲井さまが、御頭とお会いしたと耳にし、それがしもできることがあれば、お役に立ちたいと思い、お窺《うかが》いしたのです」

「上がってくれ」

どうやら、風間は竜之介が横田と会ったことを知り、本腰をいれて鬼甚の賭場の探索に乗り出したとみて、様子を訊きにきたらしい。

風間が土間から上がろうとすると、お菊は困ったような顔をして、土間に立っていたが、

「風間さまに、お茶を淹《い》れますね」

と言い残し、慌てて戸口から出ていった。

竜之介は風間が座敷に座るのを待って、

「御頭から、此度《こたび》の件にあたるようにとの御指図があったのだ。風間、また手を貸してくれ」

と、声をあらためて言った。

「そのつもりで来ました」

「それで、浅草の田原町にあると聞いた鬼甚の賭場を探ってみたのだ」

竜之介が言った。

「さすが、雲井さまだ。やることが早い」

「鬼甚は、おれたちより手が早いぞ。田原町の賭場は、とじた後だったよ」

「すると、いまは、鬼甚の賭場はないわけですか」

「いや、駒形町界隈《かいわい》に賭場をひらいたようなのだ」

竜之介がそう言うと、風間は驚いたような顔をして、いっとき口を閉じていたが、

「殺された安造は、駒形町界隈にある賭場を探っていたのかもしれません」

と、声を大きくして言った。

「おれも、そうみた。……それで、駒形町界隈を探ってみようと思っているのだ」

「それがしも、探索にくわわります」

「頼む。……これから、寅六と千次も、ここに来ることになっているのだ。ふたり

の手も借りようと思ってな」

寅六と千次も、竜之介が使っている密偵だった。

密偵は、平十、おこん、茂平、寅六、千次の五人がいる。竜之介は、すでに平十、おこん、茂平の三人には話して手を借りることになっていた。だが、横田からの指示もあって、甚蔵一家を本格的に探ることになり、寅六と千次も加えることにしたのだ。甚蔵は鬼甚とも呼ばれて恐れられ、多くの子分がいるとみられていた。

竜之介と風間がそんなやり取りをしていると、お菊らしい下駄の音と、何人かの別の足音が聞こえた。

「雲井さま、何人もおみえになりましたよ」

また、お菊の声がした。声に慌てているようなひびきがある。

「入ってくれ」

竜之介が声をかけた。

すぐに、戸があいて、お菊が顔を出した。お菊の背後に平十、寅六、千次の三人の姿があった。平十も、寅六たちの姿を見て、いっしょに来たらしい。

「お菊、すまんが、平十たちにも茶を淹れてくれんか」

竜之介がお菊に声をかけた。

「は、はい、おっかさんに伝えます」

お菊は声をつまらせて言い、すぐに瀬川屋にもどった。

竜之介は平十、寅六、千次の三人を座敷に上げた。座敷がすこし狭くなったが、話をするだけなので差し障りはない。

「寅六と千次の手も、借りたいのだ」

そう前置きし、竜之介は岡っ引きの安造が殺されたことから、背後に鬼甚と呼ばれる親分の甚蔵がいることなどを掻《か》い摘《つ》まんで話した。

「甚蔵の噂は聞いてやす」

寅六が言った。

寅六は、五十代半ばだった。顔が陽に焼けて浅黒く、糸のように細い目をしょぼしょぼさせている。

寅六の稼業は、手車《てぐるま》売りだった。それで、仲間内から「手車の寅」と呼ばれている。

手車は釣り独楽《ごま》とも呼ばれているが、現代でいうヨーヨーである。この時代は現代とちがい、土で作った円盤形の物をふたつ合わせ、竹を芯《しん》にして隙間をあけ、芯に糸が結んである。現代のヨーヨーと同じように、糸を芯に巻いて離すと、クルクルまわりながら解《ほど》け、また巻き付いて上がってくる。

手車売りは子供が相手で、ふだん寅六は人出の多い広小路や寺社の門前などで商売をしている。

その寅六が、竜之介の密偵にくわわったのは、それなりの理由《わけ》があった。

寅六が浅草寺の境内で、子供を集めて手車を売っていると、土地の地まわりに因縁をつけられ、高額の場所代を要求された。寅六は場所代が高過ぎるし、払うだけの金もなかったので、断った。すると、地まわりの仲間たちに袋叩《ふくろだた》きになりそうになった。

そこへ、たまたま竜之介が通りかかり、地まわりたちを追い払ったのだ。このとき、竜之介は、この男は密偵に使える、とみた。人通りの多い場所で商売をしている上に、好きな場所に移動することができる。情報を得るには都合のいい商売だし、見張りもできるだろう。

竜之介が寅六に密偵のことを話すと、

「あっしのような者でも、旦那《だんな》の手伝いができるんですかい」

と、首をひねりながら訊《き》いた。

「おまえにしかできないことを頼む」

竜之介が言った。

「やらせていただきやす」

すぐに、寅六は承知した。

こうした経緯《いきさつ》があって、寅六は竜之介の密偵になったのだ。

竜之介が、当初、浅草にくわしい寅六を呼んで鬼甚のことを訊かなかったのは、理由があった。浅草で幅をきかせている鬼甚の子分やならず者たちは、寅六のことを知っているはずなので、下手に動くと命を狙われる、と竜之介はみたのだ。

「寅六、賭場《とば》や鬼甚のことを探ろうなどと思うな。いつものように、商売をつづけて、耳に入った噂だけを話してくれ」

竜之介が念を押した。

2

「あっしは、何をやればいいんです」

千次が訊いた。

「千次は、おれのそばにいて、いっしょに探索にあたってくれ」

竜之介は、千次を連絡役《つなぎ》に使おうと思ったのだ。

千次はまだ若かった。二十歳そこそこである。ふだんは、鳶《とび》として働いていた。身軽で足が速く、連絡役は適任である。

「承知しやした」

千次が声高に応《こた》えた。

若い千次が、竜之介の密偵になったのは、兄の後を継いだからだ。千次の兄の又吉《またきち》も鳶で、竜之介の密偵だった。その又吉が、盗賊一味に襲われて殺されたのだ。千次は、何とか兄の敵を討ちたかった。それで、竜之介に話し、他の密偵の力も借りて兄の敵を討った。

その後、千次は竜之介に申し出て、密偵のひとりに加わったのだ。千次は火急の連絡のために走ったり、家屋敷に侵入したりするときは、役にたった。ただ、おしゃべりでおっちょこちょいなところもあって、大事な仕事はまかせられなかった。それで、平十といっしょに動くことが多かった。

竜之介が千次との話を終えたとき、都合よくおいそとお菊が、茶道具を運んできた。そして、座敷にいた竜之介たち五人にあらためて茶を淹《い》れてくれた。

竜之介は、風間たち四人といっとき茶を飲んだ後、

「これから、駒形町に行ってみないか」

と、声をかけた。まだ、昼前だった。駒形町にあるとみている鬼甚の賭場を探す時間はあるだろう。

「あっしが、舟を出しやすぜ」

すぐに、平十が言った。

「行きやしょう」

千次が意気込んで言った。風間と寅六も、その気になっている。

「よし、行こう」

竜之介は、残った茶を飲み干して立ち上がった。

竜之介たち五人は瀬川屋の離れを出ると、桟橋にむかった。平十の舟で駒形堂の近くまで行くのである。

竜之介たちが舟に乗り込むと、艫《とも》に立った平十が、「舟を出しやすぜ」と声をかけ、舫《もや》い綱を外した。

平十は棹《さお》を使って水押《みお》しを川上にむけ、大川を遡《さかのぼ》り始めた。舟は浅草御蔵を左手に見ながら進み、前方に駒形堂が見えてきたところで、水押しを岸際にむけた。

平十が舟をとめたのは、以前と同じ駒形堂近くの桟橋だった。平十は舫い杭《ぐい》に舫

い綱をかけると、

「下りてくだせえ」

と、竜之介たちに声をかけた。

竜之介は平十が舟から桟橋に下りるのを待って、

「まず、鬼甚の賭場をつきとめることだ」

と、風間たち四人に目をやって言った。竜之介は人通りの多い大川端沿いの通りに出る前に、五人がどう動くか決めておこうと思ったのだ。

「二手に分かれよう。風間と寅六とで探ってくれ。千次と平十はおれといっしょだ」

竜之介は、寅六は浅草で手車売りをすることが多いので、駒形堂付近のことも知っているとみたのだ。また、平十も船宿の船頭として、浅草寺の参詣《さんけい》客や吉原《よしわら》への客を乗せることがあるので、駒形堂付近のことには明るいはずである。

「陽が沈む前に、この場にもどってくれ」

竜之介は風間にそう声をかけ、平十と千次を連れてその場を離れた。

竜之介たち三人は、賑《にぎ》やかな駒形堂の近くまで来ると、

「さて、どこへ行く」

竜之介が、平十に訊いた。

「賭場があるとすれば、人通りのすくない場所ですぜ」

平十が言った。

「おれもそうみる」

「駒形堂近くや浅草寺の門前通りに、賭場があるとは思えねえ」

平十はそう口にした後、「大川端沿いの道をしばらく行った先かもしれねえ」と小声で言い添えた。

「行ってみるか」

竜之介も、賭場があるとすれば、大川端沿いの道から人通りの少ない路地に入った場所ではないかと思った。

竜之介たち三人は、賑やかな駒形堂の脇を通って大川端沿いの道に入った。いっとき歩くと、急に人通りがすくなくなった。それでも、人影は絶えなかった。おそらく、吾妻橋《あづまばし》を渡って本所《ほんじょ》へ行く者もいるのだろう。

「この辺りに、賭場はあるまい」

竜之介は、賭場をひらくには人通りが多過ぎるとみた。

「もうすこし、川上まで行ってみやすか」

平十が言った。

「そうだな」

竜之介たちは、さらに川上にむかって歩いた。

だが、人通りは絶えなかったし、賭場のありそうな路地もなかった。

「この辺りから先は、材木町《ざいもくちょう》ですぜ」

平十が言った。平十は吉原への客を送迎するとき、この辺りの岸近くを行き来するので、町境がどの辺りか知っているようだ。

「駒形町では、ないかもしれん」

竜之介が、古着屋の親爺《おやじ》から聞いたのは、駒形町の方で賭場をひらいた、という言葉だった。駒形町と限定したわけではない。

「もうすこし先へ、行ってみるか」

竜之介たちは、さらに川上にむかって歩いた。

材木町に入り、賭場のありそうな路地に入って、土地の者や通りかかった船頭などにそれとなく賭場のことを訊《き》いてみたが、賭場のある場所は知れなかった。

竜之介たちは諦《あきら》めて、舟のとめてある桟橋にもどることにした。

3

栈橋に、風間と寅六の姿はなかった。まだ、もどっていないらしい。竜之介たちが、栈橋の近くで待つと、いっときして通りの先に風間と寅六の姿が見えた。ふたりは慌てた様子で、小走りに近付いてくる。

ふたりは竜之介のそばに来ると、

「お、遅れて、しまいました」

風間が荒い息を吐きながら言った。

「それで、賭場《とば》は見つかったのか」

竜之介が訊いた。

「それらしい家は、ありました」

風間が言った。

「あったか！」

竜之介の声が大きくなった。

「ですが、賭場をひらいた様子がないのです。それに、鬼甚のことを知る者もいませんでした」

風間によると、寅六とふたりで賭場らしい家の近くで聞き込んでみたという。話を訊いた者は、土地の住人だったが、賭場と思われる家はとじたままだし、鬼甚という名も聞いたことがないと口にしたそうだ。

「鬼甚の賭場ではないようだ」

竜之介が言った。

「どうしやす」

脇に立っていた平十が、竜之介に訊いた。

「ともかく、明日だな。今日は瀬川屋へ帰ろう」

すでに、陽は西の家並のむこうに沈みかけていた。これから、この場を離れて聞き込みにあたると、瀬川屋に帰るのは夜更けになるだろう。

竜之介たちは、桟橋に舫ってある舟に乗り込んだ。今日のところは、このまま瀬川屋へ帰るつもりだった。

翌朝、瀬川屋の離れに、おこんも姿を見せた。

「旦那《だんな》たちが駒形町に来ていると、寅六さんに聞いててね。あたしにも、できることがあると思って、来てみたんですよ」

おこんが、座敷にいる寅六に目をやって言った。

座敷には、竜之介とおこんの他に、平十、寅六、千次の三人の姿があった。今日も茂平はいなかった。盗人《ぬすっと》だった茂平は、狭い場所に集まって話すのを嫌がるのだ。風間は、瀬川屋には寄らずに、駒形町に行っているはずである。

「おこんにも、手を貸してもらいたい」

竜之介は、おこんも駒形町のことにはくわしいのではないかと思った。

「鬼甚の賭場を探しているようだね」

おこんが、座敷に集まっている男たちに目をやって言った。

「そうだ。賭場を突き止めれば、鬼甚や子分たちの居所も知れるとみているのだ」

竜之介たちの狙いは、鬼甚や子分たちの居所をつきとめ、捕縛することにあった。鬼甚のそばには、安造を斬った武士もいるはずである。

「あたしも、みんなといっしょに駒形町に行きますよ」

おこんが言った。

「頼む」

竜之介は、出かけるか、と言って、立ち上がった。

瀬川屋の離れを出た竜之介たち五人は、昨日と同じように桟橋に舫《もや》ってある猪牙《ちょき》舟《ぶね》に乗り込んだ。

舟が川上にむかって進むと、

「こうやって、みんなで舟に乗りながら、一杯やると、おつだろうねえ」

おこんが、頬を撫《な》ぜる川風に目を細めて言った。

「事件の始末がついたら、一杯やってもいいぞ」

竜之介が、艫《とも》に立っている平十にも聞こえる声で言った。

そんなやりとりをしている間に、竜之介たちの乗る舟は駒形町の桟橋に着いた。

竜之介たちが舟を下りると、

「風間の旦那ですぜ」

平十が声高に言った。

風間が、桟橋につづく石段を下りてくる。風間は先に来て、竜之介たちが舟で着くのを待っていたようだ。

竜之介は風間がそばに来ると、六人を三手に分けた。昨日と同じように、風間と寅六、竜之介と千次と平十が組み、おこんはひとりだった。おこんは、ひとりを望んだのだ。男といっしょではなく、ひとりの方が気楽なのだろう。

「昼頃には、ここにもどってくれ」

竜之介が言った。今日は早かったので、いったん昼頃集まることにしたのだ。

竜之介は平十と千次に、「今日は、どの辺りを探る」と、声をかけた。

「また、材木町の近くに行ってみやすか。駒形町は賑《にぎ》やか過ぎて、賭場をひらくような場所はねえような気がするんでさァ」

平十が言った。

「おれも、そんな気がする」

駒形町は、人通りの多い場所が多かった。竜之介も、町方や火盗改の目を逃れて賭場をひらくのに適した場所は、ないような気がした。

竜之介たちは大川端沿いの道を川上にむかって歩き、駒形町を経て材木町に入ったところで、足をとめた。

「この通り沿いには、あるまい。どこか、路地を入ったところだろうな」

そう言って、竜之介は通りに目をやったが、近くに脇道や路地はなかった。

「もうすこし、川上まで行ってみやすか」

平十が言った。

「そうだな」

竜之介たち三人は、川沿いの道をさらに北にむかって歩いた。前方に、大川にかかる吾妻橋が迫ってくる。

4

「そこの下駄《げた》屋の脇に、道がありやす」

千次が、指差して言った。

見ると、道沿いで店をひらいていた下駄屋の脇に細い路地があった。そう思って見なければ、気付かないような路地である。

「入ってみよう」

竜之介たちは、下駄屋の脇の路地に入った。

そこは、人影のすくない寂しい路地だった。付近に店はなく、空き地や笹藪《ささやぶ》などが目についた。それでも、古い仕舞屋《しもたや》や借家ふうの建物などがあった。

「あの家は、賭場かもしれねえ」

平十が、路地からすこしひっ込んだ地に建っている家を指差して言った。

家のまわりが空き地になっていて、雑草が茂っていた。裏手は竹藪で、近くに民家はないようだった。

「賭場《とば》には、いい場所ですぜ」

平十が言った。平十は、竜之介の密偵になる前、博奕《ばくち》好きで賭場に出入りしていたのだ。そうした経験があったので、空き地に建っている家を賭場とみたのだろう。

「賭場かもしれんな」

竜之介も、賭場のような気がした。

「だれもいないようですよ」

脇から、千次が口を挟んだ。

「戸は閉めてある」

竜之介が言った。仕舞屋の表戸は、閉めてあった。辺りに人影はなく、ひっそりとしている。

「近付いてみるか」

竜之介たちは路地を歩き、仕舞屋の前まで行って路傍に足をとめた。

仕舞屋の前は空き地になっていて、雑草で覆われていた。路地から仕舞屋まで十間ほどあろうか。空き地のなかに、仕舞屋の戸口につづく細い道がある。

仕舞屋から、人声や物音は聞こえなかった。ひとのいる気配もない。

「ちかごろ、賭場をひらいた様子はないな」

竜之介が言った。

「風間の旦那《だんな》が、昨日話していたのは、この家のことかもしれねえ」

平十が言った。

「おれも、そんな気がする」

「どうしやす」

平十が、竜之介に訊《き》いた。

「念のため、近所で訊いてみるか」

竜之介たちは、路地を歩いて通りかかった土地の住人らしい男を呼びとめて訊いた。

「詳しいことは知りやせんが、賭場だと聞いたことがありやすよ」

男が声をひそめて言った。

「貸元はだれか知ってるかい」

平十が訊いた。

「聞いてねえ」

「鬼甚という親分の名を聞いたことはないか」

さらに、竜之介は訊いてみた。

「鬼甚ですかい」

男は驚いたような顔をして、竜之介に目をむけた。

「いや、以前な、鬼甚と呼ばれる男がひらいている賭場で遊んだことがあるのだ」

竜之介が苦笑いを浮かべて言った。

「そうですかい」

男は不審そうな目で竜之介を見た。武士であり、博奕をやるような男には、見えなかったのだろう。

「あの家は、留守のようだぞ。久しく、賭場をひらいているように見えないが」

さらに、竜之介が言った。

「ここしばらく、家の戸は閉まったままでさァ。あっしも、賭場をひらいているのを見たことはねえ」

そう言って、男はその場から離れたいような素振りを見せた。いつまでも、立ち話をしているわけにはいかない、と思ったようだ。

「手間を取らせたな」

竜之介はそう言って、歩きだした。平十と千次は、慌てた様子で竜之介についてきた。

男は足早に竜之介たちから離れていく。

「どうやら、あの家は、昨日風間が聞き込んできた賭場のようだな」

竜之介が言った。

「あっしは、鬼甚の賭場のような気がしやす。鬼甚は、しばらく様子を見て賭場をひらくつもりかもしれねえ」

平十は歩きながらつぶやくような声で言った。

「おれも、そんな気がする」

竜之介たち三人は、来た道を引き返しながら話した。

今日のところは、このまま桟橋にもどるつもりだった。竜之介は、風間や寅六たちがつかんできたことを聞いて、いま見てきた賭場を探りなおしてもいいと思った。

竜之介たちが、仕舞屋の前から一町ほど離れたときだった。賭場らしい家の近くの樹陰から遊び人ふうの男があらわれ、竜之介たちの跡を尾《つ》け始めた。男は通行人を装い、巧みに竜之介たちの跡を尾けていく。

前を行く竜之介たちは、跡を尾けられるなどとは思ってもみず、三人で話しながら、路地から下駄屋の脇を通って大川端の通りに出た。三人は、このまま駒形町にある桟橋にもどるつもりだった。

男は竜之介たちが大川端に出た後も、尾行をやめなかった。人通りが多くなったこともあり、男は竜之介たちとの間をつめていた。

竜之介たちは駒形堂の脇を通り、舟の舫《もや》ってある桟橋の前まで来た。路傍に風間と寅六の姿はあったが、おこんはまだだった。

一方、竜之介たちの跡を尾けてきた男は、道沿いの柳の樹陰に身を隠し、竜之介たちに目をやっていた。

「あいつら、町方じゃァねえ。火盗改《かとう》かもしれねえ」

男はつぶやき、踵《きびす》を返して足早にその場から離れた。

5

その日、竜之介は風間たちとともに瀬川屋の離れにもどると、吉造に頼んで酒を運んでもらった。

船宿は客に酒肴《しゅこう》を出すこともあったので、吉造とおいそは慣れていて、竜之介たちを待たせずに客に出すような肴《さかな》と酒を用意してくれた。肴は、漬物と冷や奴《やっこ》、それに切り身の鱸《すずき》の塩焼きだった。

「客に出すような肴だな」

竜之介が、料理を運んできた吉造に言った。

「実は、今日の客が聞いていたより少なくて、余り物なんです」

吉造が照れたような顔をして言った。

「いや、有り難い。こんな馳走《ちそう》を出してもらうと、家に帰りたくなくなるな」

竜之介が、さっさく鱸の塩焼きに箸《はし》を伸ばした。

「雲井さま、ここを我が家と思われ、気兼ねなく使ってくださいよ」

「肴もうまいし、酒もうまい」

そう言いながら、竜之介は酒を飲み、肴に箸を伸ばした。

吉造とおいそが、離れから出ていくと、

「飲みながらでいい。今日、探ったことをあらためて話してくれ」

竜之介はそう言って、平十に目をやり、「まず、平十から賭場のことを頼む」と声をかけた。

「風間さまが、昨日、探られたようですが、下駄屋の脇を入った先にある家は、甚蔵の賭場に間違いねえ」

平十はそう言ってから、賭場《とば》は久しくひらかれていないことや住人もいなかったことを言い添えた。

ちかごろ、竜之介たちは鬼甚ではなく、甚蔵と呼ぶようにしていた。鬼甚と呼ぶと、知らない者は驚くし、知っている者はかかわりになるのを恐れて話したがらないからである。

「やはりそうか」

風間はそう言った後、

「おれは、駒形町に住む遊び人から聞いたんだが、甚蔵は賭場の近くに住んでいないようだ」

と、言い添えた。

風間の脇に腰を下ろしていた寅六は、黙ってうなずいた。

「甚蔵は、町方や旦那《だんな》たちの手が駒形町にも及ぶとみて、姿を隠してるんじゃァないのかい。……甚蔵は頃合をみて、駒形町に賭場をひらくと睨《にら》んでるんですよ」

おこんが、口を挟んだ。

「そうかもしれん。あそこは、賭場にはいい場所だ。浅草寺には近いし、吾妻橋を渡れば、本所からも遊びに来られる。それに、人目につかないからな」

竜之介が言った。

次に口をひらく者がなく座敷が静かになったとき、

「あたしはね、甚蔵は駒形町のどこかに隠れているとみてるんですよ」

さらに、おこんが言った。

「おれも、そんな気がする」

竜之介も、甚蔵は駒形町のどこかに身を隠しているような気がした。

「いま、甚蔵の居所をつかめば、押さえられるよ。甚蔵のそばにいる子分たちもすくないはずだ」

おこんが、その場に集まっている男たちに目をやって言った。

「おこんの言うとおりだ」

寅六が声高に言った。酒で、顔がすこし赤くなっている。

「よし、明日は賭場ではなく、甚蔵の居所を探ろう。土地の遊び人やならず者に聞けば、甚蔵の居所を知っている者がいるはずだ」

竜之介が言うと、座敷にいた者たちがうなずいた。

その夜、竜之介たちは遅くならないうちに、酒を切り上げた。明日、駒形町に行くためである。

翌朝、竜之介はふだんより遅く目を覚ました。昨夜の酒と遅くまで話していたせいらしい。

竜之介は急いで顔を洗い、おいそが用意してくれた朝餉《あさげ》を食べると、すぐに桟橋にむかった。

桟橋には、平十と千次の姿があった。寅六はまだである。風間とおこんは瀬川屋には来ないで、直接駒形町の桟橋に来ることになっていた。

「旦那、舟は出せやすぜ」

平十が言った。

「もうすこし待とう」

竜之介は、昨夜の酒のせいで、寅六は遅れているとみた。

それからいっときすると、寅六の姿が通りの先に見えた。慌てた様子で、桟橋の方に走ってくる。

寅六は桟橋に下りてくると、

「く、雲井の旦那、舟に乗ってくだせえ」

と、喘《あえ》ぎながら言った。

「気にするな。おれたちも、今来たところだ」

そう言って、竜之介は舟に乗り込んだ。

平十と千次も舟に乗り、寅六は最後になった。

艫《とも》に立った平十は棹《さお》を手にし、寅六が船底に腰を下ろすのを待って、舟を桟橋から離した。

竜之介たちの乗る舟は大川を遡《さかのぼ》り、いつもの駒形町の桟橋に船縁《ふなべり》をつけた。

「下りてくだせえ」

平十が竜之介たちに声をかけた。

すぐに、竜之介たちは桟橋に下りた。そして、平十が舫い綱を杭《くい》に繋《つな》ぎ終えるのを待って、竜之介たちは桟橋から通りに出た。

通りの川岸近くで、風間とおこんが待っていた。今日も、茂平の姿はない。こうした何人もで、聞き込みにあたるようなことを茂平は好かないのだ。

「どうしやす」

寅六が訊《き》いた。

「今日は、甚蔵の居所を探るのだが、やはり、賭場のある近くからあたった方がいいな」

竜之介が言うと、そばにいた風間たちがうなずいた。

「ともかく、材木町近くまで行こう」

竜之介たちのいる場所は、人通りが多かった。行き交うひとたちが、竜之介たちに不審の目をむけて通り過ぎていく。

竜之介たちは、その場を離れて川上にむかった。

6

竜之介たちは大川端沿いの道を川上にむかって歩き、材木町の近くまで来て路傍に足をとめた。

「今日は、甚蔵の居所をつきとめるために来たのだ。……賭場はこの近くにある。甚蔵も、そう遠くない場所に身をひそめているはずだ」

竜之介はそう言った後、通り沿いにある下駄屋《げたや》を指差し、

「賭場は、そこの下駄屋の脇の路地を入った先にある」

と、言い添えた。

「また、分かれて、甚蔵の居所を探すのかい」

おこんが訊いた。おこんは男たちと話すとき、蓮《はす》っ葉《ぱ》な物言いになる。

「そのつもりだ」

竜之介は、昨日と同じように六人を三手に分けた。竜之介は平十と千次の三人で、風間は寅六といっしょだった。おこんは、今日もひとりである。

「昼ごろには、この場にもどってくれ」

竜之介は、無理をするなよ、と言い添え、平十と千次を連れて、その場を離れた。

竜之介は下駄屋の脇の路地まで来ると、

「ともかく、賭場を見てみるか」

そう言って、平十たちと路地に入った。

路地はひっそりとして人影はすくなかった。ときおり、近くの住人らしい年寄りや子供連れの母親などが、通りかかるだけである。

竜之介たちは、賭場らしい仕舞屋《しもたや》が見えるところまで来て路傍に足をとめた。仕舞屋に目をやると、近くに人影はなかった。

「やはり、賭場はしまっているな」

竜之介が言った。

「近所の者に、様子を訊いてみやすか」

平十が路地の先に目をやった。話の聞けそうな者はいないか、探したようである。

「話の聞けそうなやつは、いねえな」

平十が言った。路地の先に見えるのは、子供連れの母親らしい女だけだった。

「どうだ、下駄屋で訊いてみるか」

竜之介は、路地の入口にある下駄屋の親爺《おやじ》なら甚蔵のことも耳にしているのではないかと思った。

竜之介たちは、来た道を引き返した。竜之介たち三人が、その場から遠ざかったとき、賭場《とば》らしい家の脇から、人影があらわれた。この男は、昨日賭場らしい家の近くの樹陰から竜之介たちを見張り、跡を尾《つ》けてきた男である。

「やつら、また、来てるぜ」

男はそう呟《つぶや》き、路地に出てくると、足早に路地の先にむかった。男は仲間を呼びにいったのである。

一方、竜之介たち三人は、下駄屋の脇まで来ると、

「おれが、下駄屋で訊いてみる」

竜之介が言って、下駄屋の店先にむかった。

都合よく、店先に親爺がいた。下駄を買いにきたらしい娘と何やら話している。

娘は赤い鼻緒の下駄を手にしていた。

竜之介が店先に近付くと、

「また、来るね」

そう娘は言い残し、下駄を手にして店先から離れた。

「旦那《だんな》、下駄ですかい」

親爺が愛想笑いを浮かべた。客と思ったらしい。

「いや、ちと訊きたいことがあってな」

竜之介がそう言うと、親爺の顔から愛想笑いが拭《ぬぐ》い取ったように消えた。

「何です」

親爺の物言いが、急に素っ気なくなった。

「この先に、空き家があるな」

竜之介が、親爺を見すえて低い声で訊いた。その顔には、相手を威圧するような凄《すご》みがあった。

「あ、ありやす」

親爺の顔が強張《こわば》った。竜之介に睨《にら》まれ、恐ろしくなったようだ。

「あの家は、賭場だと聞いたが、そうなのか」

「あっしも、そんな話を聞いたことがあります」

「貸元はだれだ」

竜之介は、甚蔵の名を出さずに訊いた。

「な、名は聞いてませんが、店に来た客が、鬼なんとか、と口にしたのを覚えてますが……」

「鬼甚ではないか」

「そ、そうです」

「鬼甚は、どこに住んでいる。この先の路地沿いにある家にはいないようだ」

「知りません」

「何か聞いているだろう。この近くに住んでいるはずだ」

近くかどうか分からないが、甚蔵が住んでいるのは材木町か川上にむかった先の花川戸町ではないかと、竜之介はみていた。賭場から離れた場所に身を隠しているとは思えなかったのだ。

「そう言えば、路地の先に住んでた親分さんが、越したという話を耳にしたことがございます」

「どこに越したと、聞いた」

畳みかけるように、竜之介が訊《き》いた。

「賭場の先だと聞きました」

「その路地の先か」

竜之介が、店の脇の路地を指差して言った。

「そうです」

「借家か」

「知りません」

親爺がはっきりと言った。声が、平常にもどってきた。竜之介と話したことで、恐れが薄れたのだろう。

「そうか」

竜之介は、手間を取らせたな、と言い置き、店先から離れた。これ以上、親爺から聞くことはなかったのである。

竜之介が店先から離れると、すぐに平十と千次が近付いてきた。

「旦那、賭場の先まで行ってみやすか」

平十が訊いた。竜之介と店の親爺のやり取りを聞いていたらしい。

「行ってみよう」

竜之介は、甚蔵の隠れ家をつきとめたかった。

7

竜之介たち三人は路地をもどり、賭場らしい家の見える所まで来た。家の戸口はしまったままである。

「賭場の先らしい」

そう言って、竜之介は路地を足早に歩いた。平十と千次は、竜之介の後についてくる。

竜之介たちは、賭場らしい家の前を通り過ぎた。そして、半町ほど歩いたときだった。竜之介は路傍に立っているふたりの男を目にして、足をとめた。ひとりは、総髪の武士だった。牢人《ろうにん》らしい。小袖《こそで》に袴姿《はかますがた》で、大小を帯びていた。もうひとりは、遊び人ふうの男である。

武士と遊び人ふうの男は、ゆっくりとした足取りで歩いてきた。

……あやつ、遣い手だ！

と、竜之介は察知した。武士の歩く姿に隙がなかった。それに、身辺に異様な殺気がただよっていた。多くのひとを斬ってきた者が、闘いの相手に放つ身を竦《すく》ませるような殺気である。

「旦那、後ろからも来やす！」

平十が、後ろを振り返ったまま言った。

見ると、ごろつきのような男がふたり、懐手をしたままこちらに歩いてくる。

「挟み撃ちだ！」

竜之介が声を上げた、前後から来る三人の町人は、甚蔵の子分とみた。武士は、用心棒か食客だろう。

「ど、どうしやす」

平十が、声をつまらせて言った。平十と千次の顔から血の気が失《う》せ、体が顫《ふる》えている。

……このままでは、三人とも殺《や》られる！

と、竜之介は踏んだ。

「平十、千次、おれの後についてこい！」

竜之介が、鋭い声で言った。

ふたりは、無言でうなずき、竜之介の背後にまわった。

竜之介は反転し、抜き身を引っ提げたままふたりのごろつきに向かって走りだした。平十と千次は竜之介の後を走った。ふたりは竜之介に遅れるようなことはなかった。

「逃げたぞ！」

背後の遊び人ふうの男が叫んだ。総髪の武士といっしょに後を追ってくる。

前方のごろつきのような男は、抜き身を手にして走ってくる竜之介を目にし、戸惑うような顔をしたが、

「ここは通さねえ！」

叫びざま、大柄な男が懐から匕首《あいくち》を取り出した。すると、もうひとりの痩《や》せた男も、匕首を手にして身構えた。

竜之介はふたりの男に近付いたが、足をとめなかった。刀を八相《はっそう》に構えたままふたりの男に迫っていく。

ふたりの男との間が、五間ほどになったとき、

イヤアッ！

突如、竜之介が裂帛《れっぱく》の気合を発し、前にいた大柄な男に急迫した。

男の顔が恐怖でゆがみ、脇に逃げた。

竜之介は逃げた男は無視し、ふたりの男の間を走り抜けた。平十と千次が、竜之介の後を追ってくる。

「に、逃げた！」

大柄な男が叫んだ。

「逃がすな！　追え」

武士は男たちに声をかけ、後を追ってきた。

竜之介たちは逃げた。相手は四人だった。逃げねば、竜之介が武士と闘っている間に、平十と千次は三人の男に殺されるだろう。

だが、竜之介たちと背後から来る四人の男との間はつまってきた。竜之介たちは懸命に逃げた。千次は足が速かったが、平十はそれほどでもない。

路地の出口にある下駄《げた》屋は、目の前だった。竜之介は表通りに出れば、追ってくる四人は諦《あきら》めるとみた。人通りが多いし、いっしょにきた風間たちが、近くにいるかもしれない。

竜之介は走りながら、

「おれが、やつらを食い止める。ふたりは、逃げろ！」

と、平十と千次に声をかけた。

「だ、旦那《だんな》も、いっしょに逃げてくれ」

平十が声をつまらせて言った。

「行け！　通りに出て、風間たちを連れてくるんだ」

竜之介は叫んで、足をとめた。

平十は戸惑うような顔をしたが、「千次、いくぜ！」と声をかけ、ふたりしてその場を離れた。千次の足は速く、平十の先にたって走っていく。

竜之介は、刀を手にして身構えた。ふたりの遊び人ふうの男の後に武士がつづき、武士の後ろにもうひとりの遊び人ふうの男の姿があった。

四人の男は竜之介の近くまで来ると、足をとめた。

「旦那、手先のふたりは逃げやした」

大柄な男が言った。

「逃げたふたりは、こやつの手先だ。こやつさえ、斬ればおとなしくなる」

そう言って、武士は竜之介の前に立った。大柄な男と痩身《そうしん》の男が、竜之介の左右にまわり込んだ。路地が狭いため、ふたりの男は雑草の生い茂った地に立っている。

もうひとりは、武士の背後にいた。

「おぬし、町方ではないな」

武士が、竜之介を見すえて訊いた。

「どうかな」

竜之介は刀の柄《つか》に右手を添えた。

「火盗改《かとう》か」

「だとしたら、どうする」

「ここで、斬る！」

言いざま、武士は抜刀した。

すかさず、竜之介も抜いた。すると、竜之介の左右にまわり込んだふたりの男も懐から匕首を取り出した。

8

竜之介と武士の間合は、およそ三間――。まだ、一足一刀の斬撃《ざんげき》の間境の外である。

竜之介は青眼《せいがん》に構え、剣尖《けんせん》を武士の目につけた。腰の据わった隙のない構えである。対する武士は、八相に構えた。

武士は八相に構えた刀身をゆっくりと背後に倒し、剣尖を後方にむけた。そして、刀身がほぼ水平になったところでとめた。

……この構えは！

竜之介は、胸の内で声を上げた。武士の刀身が、見えなくなった。刀身の放つ青白い光芒《こうぼう》が、かすかに見えるだけである。

竜之介は一歩身を引いた。武士が異様な構えからどう斬り込んでくるか、読めなかったのだ。

「霞薙《かすみな》ぎ……」

武士がつぶやくような声で言った。霞薙ぎと称する技らしい。

……初太刀が勝負になる。

と、竜之介はみた。そして、青眼に構えた刀の切っ先をすこし動かし、武士の手にした刀の柄頭《つかがしら》にむけた。八相に対応する構えをとったのである。

「いくぞ！」

武士が声を上げ、足裏を擦るようにしてジリジリと間合を狭めてきた。

対する竜之介は、動かなかった。青眼に構えたまま、武士の斬撃の気配と間合を読んでいる。

一足一刀の斬撃の間境まで、あと半間――。あと一歩――。竜之介がそう読んだとき、ふいに武士の寄り身がとまった。

武士は、気を鎮めて対峙《たいじ》している竜之介を見て、このまま斬撃の間境に踏み込むのは危険だと察知したのかもしれない。

武士は全身に激しい気勢を漲《みなぎ》らせ、いまにも斬り込んできそうな気配を見せて、ピクッ、と手にした刀の柄を動かした。斬撃の起こり、と竜之介に見せて、構えを崩そうとしたのである。

だが、竜之介の構えは崩れず、この一瞬の隙をついて、竜之介が一歩踏み込んだ。

刹那《せつな》、武士の全身に斬撃の気がはしった。

イヤアッ！

裂帛の気合を発し、武士が斬り込んできた。

武士の体が躍り、ヒュッ、という大気を斬り裂く音がした。刹那、稲妻のような青白い閃光《せんこう》が、真横に疾《はし》った。

咄嗟《とっさ》に、竜之介は体を後ろに倒しざま、刀身を撥《は》ね上げた。一瞬の反応である。

武士の切っ先は、竜之介の小袖《こそで》の胸の辺りを横に裂き、竜之介の切っ先は空を切って流れた。

次の瞬間、竜之介は後ろに跳んで、武士の二の太刀から逃れた。武士はふたたび、間合を大きくとって八相に構えると、刀身を背後に倒した。

竜之介は青眼に構え、剣尖を武士の手にした刀の柄頭につけたとき、首を深く横に斬られて倒れていた岡っ引きの安造の姿が脳裏をよぎった。

「おぬしか、岡っ引きの安造を斬ったのは」

竜之介が武士を見すえて言った。武士がいま遣った特異な構えからの横に薙《な》ぎ払う剣で、安造は斬られたようだ。

「いかにも」

武士は否定しなかった。

武士は刀身を背後にむける特異な構えをとったまま、足裏を摺るようにしてジリジリと間合を狭めてきた。

「次は、おぬしの首を落とす」

と言って、武士は竜之介に迫ってきた。

……このままでは、躱《かわ》せぬ！

と、竜之介はみた。

竜之介は青眼に構え、剣尖を武士の手にした刀の柄頭にむけたまま後ずさった。

武士は摺り足で、竜之介との間合を狭めてくる。

竜之介はさらに後ずさり、武士との間合がひろがると、ふいに反転した。そして、走りだした。逃げたのである。幸い、背後に敵はいなかった。

「に、逃げるか！」

武士は慌てて追ってきた。

左右の空き地にいたふたりの男も、匕首《あいくち》を手にして追ってきた。だが、道の脇は雑草が生い茂っていたので、竜之介との間はひろがる一方だった。

竜之介は、下駄《げた》屋の脇から通りに飛び出した。下駄屋の店先にいた親爺《おやじ》が驚いたような顔をして、竜之介と後を追ってくる男を見ている。

竜之介が飛び出した大川端沿いの道は、ひとが行き交っていた。町人だけでなく、武士の姿もあった。

竜之介は、抜き身を手にしたままだった。近くにいたふたり連れの男が、竜之介の手にした抜き身を見て、悲鳴を上げて逃げ出した。その悲鳴で、通りにいた者たちが足をとめ、竜之介に目をむけた。顔を強張らせている。

竜之介は刀身を鞘《さや》に納めて、足早に川下にむかった。

竜之介からすこし遅れて、通りに走り出た武士も慌てて手にした刀を鞘に納めた。

三人の男も、匕首を懐にしまっている。

武士と三人の男は、いっとき竜之介の後を追ってきたが、足をとめた。人通りが多いので諦《あきら》めたらしい。武士と男たちは、下駄屋の脇の道にもどっていく。

竜之介が下流にむかってすこし歩くと、前方から走ってくる平十と千次の姿が見えた。いや、ふたりだけではない。後ろに、風間と寅六の姿もあった。

竜之介は、足早に平十たちに近寄った。

「旦那《だんな》、斬られたんですかい！」

平十が、すぐに訊《き》いた。竜之介の小袖が裂けているのを目にしたらしい。

「いや、着物だけだ」

竜之介は苦笑いを浮かべた。

「雲井さまたちを襲った武士は、遣い手のようですね」

風間が言った。

「おれたちを襲った武士が、岡っ引きの安造を斬ったようだ」

竜之介は武士の遣った霞薙ぎと呼ぶ技のことを話し、その武士に安造は首を斬られたらしい、と言い添えた。

「恐ろしい技だ」

風間の顔が厳しくなった。

「いずれにしろ、あの武士は斬らねばならない」

竜之介は、霞薙ぎと称する技と勝負するつもりでいた。

「これから、どうします」

風間が訊いた。

「今日のところは、引き上げよう。明日出直して、おれたちを襲った甚蔵の子分を捕らえたい」

竜之介は、子分を捕まえて吐かせれば、甚蔵の居所もつかめるのではないかと思った。今日、竜之介たちを襲った武士たちと出会うようなことがあっても、風間がいっしょにいれば、何とかなるだろう。

「承知しました」

風間が、顔をひきしめてうなずいた。

第三章　追　跡

1

竜之介、風間、平十、千次の四人が、駒形町の桟橋から通りに出ると、寅六とおこんの姿があった。いや、茂平もいる。茂平はひとり、寅六たちから離れて、川岸の柳の樹陰に立っていた。

「茂平も、来てくれたか」

竜之介が声をかけた。

茂平は、仲間たちからすこし離れた場所に立ったまま、首をすくめるように頭を下げた。

「あたしがね、茂平さんの姿を見掛けて、声をかけたんですよ」

おこんが言った。

「茂平、手を貸してくれ」

竜之介があらためて声をかけた。

「承知しやした」

すぐに、茂平が言った。

「手筈《てはず》どおり、頼む。……無理をするなよ。どこに、甚蔵の目がひかっているか分からんからな」

竜之介は、昨日の武士や甚蔵の子分たちに襲われたら、密偵たちも太刀打ちできないだろうとみた。

「あたしらは、表通りで訊き込むんだね」

おこんが、念を押すように訊いた。

「そうだ。人通りの多い通りなら、襲われるようなことはあるまい」

竜之介が、その場に集まっている者たちに目をやって言った。おこん、寅六、千次の三人は、人通りのすくない路地や裏通りに入らずに、聞き込みにあたることになっていた。

「茂平はどうする」

竜之介が茂平に訊いた。

「あっしは、人通りの多いところは苦手なもんで……。好きなようにやらせてくだせえ」

茂平が声をひそめて言った。

「茂平にまかせよう」

竜之介は、茂平なら、甚蔵の子分たちにつかまるようなことはない、と思った。

竜之介たちは、八ツ（午後二時）の鐘が鳴ったらここに集まることにして、その場で別れた。

竜之介、風間、平十の三人は、大川端沿いの道を川上にむかって歩き、材木町の近くまで来て、路傍に足をとめた。

「また、賭場《とば》のある路地に入《へえ》ってみやすか」

平十が言った。

「昨日の四人に、襲われるぞ」

今日は、風間がいるが、下手をすると返り討ちに遭うかもしれない。それに、長くとじたままになっている賭場の近くで聞き込んでも、新たなことはつかめないのではあるまいか。

「この辺りで、幅を利かせている地まわりか遊び人にでも訊いてみるか。甚蔵の子分でなくとも、噂ぐらい耳にしているはずだ」

竜之介が言うと、風間と平十がうなずいた。

「どうだ、手分けして聞き込みにあたらないか」

この道は人通りが多いので、別々になっても甚蔵の子分たちに襲われることはない、と竜之介はみた。

「そうしやしょう」

すぐに、平十が言った。

三人は、その場で別れた。ひとりになった竜之介は、川上にむかって歩いた。賭場のある場所から離れて、訊いてみようと思ったのだ。風間は、その場にとどまっていた。近くで訊いてみるつもりなのだろう。

平十は来た道を引き返していく。駒形堂がある方にすこしもどって、話を訊くつもりらしい。

竜之介が川上にむかって歩くと、竹町《たけちょう》の渡し場が前方に見えてきた。対岸の本所と行き来する舟が、桟橋に舫《もや》ってある。

……この辺りで、訊いてみるか。

竜之介は、通りの先に目をやった。

船頭らしい男がふたり、何やら話しながら近付いてくる。竜之介は、ふたりの男に訊《き》いてみようと思った。

竜之介はふたりに近付き、

「ちと、訊きたいことがある」

と、声をかけた。

ふたりは足をとめ、驚いたような顔をして竜之介を見た。見知らぬ武士に、いきなり声をかけられたからだろう。

竜之介はふたりに身を寄せ、「町方の者だ」と小声で言った。火盗改ではなく町方と言って、八丁堀の同心と思わせたのだ。

「なんです」

三十がらみと思われる細い目をした男が訊いた。顔に不安そうな色がある。町方同心が何を探っているのか、分からなかったからだろう。

「この辺りに、賭場があると聞いてきたのだがな。どこにあるか、知っているか」

竜之介が小声で訊いた。甚蔵のことを聞くために、そう切り出したのだ。

「賭場ですかい。知りませんねえ」

男は、もうひとりの丸顔の男に、「おめえ、知ってるかい」と小声で訊いた。

「知らねえ。博奕《ばくち》などやったことはねえ」

すぐに、丸顔の男が言った。

ふたりの男が、白《しら》を切るのは当然である。八丁堀同心を前にして、博奕を打ったことを認めるような者はいないだろう。

「客を乗せる船頭なら、噂ぐらい耳にしてるとみてな。そう訊いたのだ。噂を耳にしたこともないのか」

竜之介は、ふたりの男を見すえて言った。

「噂は耳にしたことがありやす」

細い目をした男が、表情を和らげて言った。顔から不安そうな表情が消えている。自分たちには、かかわりがないと思ったのだろう。

「話してくれ」

「へい。……舟の客が話してるのを耳にしたんですがね。花川戸町に、賭場があるようでさァ」

「花川戸町だと」

竜之介が聞き返した。

花川戸町は、材木町の北に位置しており、大川にかかる吾妻橋のたもとから川沿いにひろがっている。浅草寺の東方で、参詣《さんけい》客や遊山客なども流れてくる繁華な町である。

「花川戸町のどの辺りだ」

駒形町から、材木町に入ってすぐのところにある賭場とは、ちがうらしい。材木町の賭場はとじて、花川戸町に新たにひらいたのかもしれない。

「あっしは、噂に聞いただけで、行ったことがねえんでさァ」

細い目をした男が、そう言うと、すぐにもうひとりの男も、

「あっしも、知りやせん」

と、身を乗り出すようにして言った。

それから、竜之介が甚蔵や子分のことを訊いたが、ふたりの男は、知らないようだった。

「手間をとらせたな」

そう言って、竜之介はふたりの男を解放した。

竜之介は、さらに通りかかった船頭や近くの店の親爺《おやじ》に訊いてみたが、新たなことは分からなかった。

2

竜之介が材木町の近くまで来ると、風間と平十が待っていた。

「歩きながら話すか」

竜之介は、風間と平十に声をかけた。そろそろ八ツ（午後二時）の鐘が鳴るのではあるまいか。八ツまでには、おこんたちと会うことになっている駒形町の桟橋近くまで、もどらねばならない。

「たいしたことは、聞けなかったのだがな」

竜之介はそう前置きし、花川戸町に賭場があることを話した。

「あっしも、花川戸町の賭場のことは、耳にしやしたぜ」

すぐに、平十が言った。

「その賭場の貸元は、甚蔵か」

竜之介が訊いた。

「それが、分からねえんでさァ。あっしに話した男は、噂を耳にしただけで博奕はやったことがねえらしい」

平十が首をすくめて言った。

「賭場《とば》は、いまもひらいているのか」

竜之介が念を押すように訊いた。

「ひらいているようでさァ」

「その賭場を、探ってみねばならんな」

竜之介はそう言った後、風間に目をやり、

「風間、何か知れたか」

と、声をあらためて訊いた。

「それがしも、花川戸町の賭場のことを聞きました」

「それで、貸元は分かったか」

すぐに、竜之介が訊いた。

「話を聞いた男は、口にしなかったんですが、その賭場で遊んだことはあるようです。男の話だと、貸元は甚蔵だが、滅多に姿を見せないと言っていました」

「ふだん、その賭場は、だれが仕切っているのだ」

「代貸のようです」

「そうか。代貸に賭場を仕切らせ、甚蔵自身は表に出ないつもりだな」

「それがしも、そうみました」

「いずれしろ、その賭場を見張り、代貸か壺振《つぼふ》りを捕らえて口を割らせれば、甚蔵の隠れ家も分かるな」

竜之介が言うと、風間は無言でうなずいた。

竜之介、風間、平十の三人は、話しながら歩いているうちに駒形町の桟橋の近くまで来た。見ると、路傍におこんたち三人の姿があった。茂平はひとり、離れた場所で待っている。

「すまんな、遅れたようだ」

竜之介が、おこんたちに目をやって言った。

竜之介は、花川戸町にある賭場のことを一通り話した後、

「おこんたちも、何か知れたか」

と、おこんたち三人に目をやって訊いた。

「あたしら、賭場のことも甚蔵のことも、つかめなかったんです」

おこんが、肩を落として言った。

「ひとつだけ、子分のことが知れやした」

寅六が脇から口を挟んだ。

「話してくれ」

「遊び人から聞いたんですがね。猪八《いはち》ってえ甚蔵の子分が、材木町に住んでるようでさァ」

「猪八の住処《すみか》は、知れたのか」

「それが、分からねえんで」

寅六が首をすくめて言った。

そのとき、すこし離れた場所で、竜之介と寅六のやり取りを聞いていた茂平が、

「猪八の塒《ねぐら》は、聞いてやす」

と、口を挟んだ。

「茂平、話してくれ」

竜之介が声をかけた。

「へい」

茂平は竜之介に近寄り、

「猪八は、情婦《いろ》の店にもぐり込んでいやす」

そう前置きし、猪八が花川戸町にある花乃屋《はなのや》という小料理屋に寝泊まりしていることを話した。

「茂平、くわしいな」

「一月ほど前、花乃屋で飲んだことがあるんでさァ」

茂平が声をひそめて言った。

「猪八を捕らえて、吐かせれば、甚蔵の居所も知れるな」

竜之介が言うと、近くにいた風間たちがうなずいた。

それで、竜之介たちの話は終わった。その場にいた七人は明日も集まることにし、竜之介、平十、千次、風間の四人は平十の舟で、瀬川屋にもどることにした。おこん、寅六、茂平の三人は、この場で別れ、それぞれの塒に帰るのだ。

平十の舟は、夕暮れ色に染まった大川の川面《かわも》を滑るように下っていく。

竜之介は、淡い夕闇につつまれた浅草の家並に目をやりながら、

「甚蔵は、なかなか姿を見せんな」

と、声高に言った。川の流れの音で、大きな声でないと聞こえないのだ。

「捕らえられれば、命はないと知っているからでしょう」

風間も声を大きくして言った。

「それもあるだろうが、甚蔵は身を隠し、ほとぼりが冷めるのを待っているような気がする」

「手先の何人かに、町方や火盗改方の動きを探らせているのかもしれません。岡っ引きや下っ引きにひそかに金を握らせて、聞き出す手もあります」

「一筋縄では、いかないな」

竜之介が、夕闇につつまれた浅草の家並を見すえて言った。

3

翌日、竜之介たちは駒形町の桟橋の近くで、おこんや茂平たちと顔を合わせると、

「今日は、花川戸町にある賭場を探ることにする」

竜之介が、集まった者たちに目をやって言った。

風間たちは無言でうなずいた。風間たちは、いつになくひきしまった顔をしていた。花川戸町の賭場の貸元は、甚蔵だと知ったからだ。

竜之介は寅六たちの背後にいた茂平に目をやり、

「茂平は、猪八が花乃屋にいるかどうか確かめてくれ」

と、声をかけた。

茂平は、無言でうなずいた。

「いくぞ」

竜之介はその場にいた六人に声をかけ、駒形堂の方へ足をむけた。

茂平だけは駒形堂の近くまで行くと、行き交うひとのなかに紛れて姿を消した。

茂平は竜之介たちと離れ、ひとりで花乃屋にむかうらしい。

竜之介たち六人は、大川端の道を川上にむかって歩いた。通りすがりの者に不審を抱かれないように、六人はすこし間をとっている。

六人は材木町を過ぎ、吾妻橋のたもとを経て花川戸町に入った。そして、通り沿いに並ぶ店が途絶えた場所で足をとめて集まった。

「賭場のある場所と甚蔵の居所をつきとめたい。二手に分かれて、聞き込みにあたる」

そう言って、竜之介が六人を二手に分けた。

竜之介は、平十、千次の三人で組み、風間は、寅六、おこんの三人で組んだ。そして、別々に聞き込みにあたることになった。

竜之介たち三人は、さらに川上にむかって歩き、通り沿いの店が途絶えて空き地になっているところで足をとめた。

「この辺りで、聞き込んでみるか」

竜之介が言うと、平十と千次がうなずいた。竜之介たち三人は、別々に聞き込みにあたることにしていたのだ。

「無理をするな。それに、賭場《とば》のある場所が分かっても、近付いて探ったりせず、ここにもどってこい」

竜之介は、下手に賭場を探って甚蔵の子分たちにつかまると、人質にとられるか、殺されるかのどちらかだとみていた。

「へい」

平十が応《こた》えた。千次は、顔を厳しくしてうなずいた。

ひとりになった竜之介は、さらに上流にむかって歩いた。この辺りは、浅草寺に近いこともあって、人通りが絶えなかった。通り沿いに並んでいる料理屋やそば屋などの飲み食いできる店が目についた。

竜之介は、一膳めし屋から出てきたふたりの男に目をとめた。ふたりとも、腰切半纏《ばんてん》に黒股引《ももひき》姿だった。大工か左官らしい。

竜之介は、ふたりに訊《き》いてみようと思った。近くの住人なら、博奕《ばくち》に手を出さなくとも、賭場の噂は耳にしているはずだ。

竜之介はふたりに身を寄せ、

「ちと、聞きたいことがある」

と、小声で言った。

ふたりの男は、驚いたような顔をして足をとめた。いきなり、見ず知らずの武士に声をかけられたからだろう。

「な、何です」

浅黒い顔をした男が、声をつまらせて言った。

竜之介は、賽《さい》の入った壺《つぼ》を振る真似をして見せ、

「この辺りにあると聞いてきたんだが、知らないか」

と、小声で訊いた。

浅黒い顔をした男は戸惑うような顔をし、脇にいる仲間の男に、「おめえ、知ってるか」と小声で訊いた。

すると、いっしょにいた男は、

「知らねえ。おれは、賭場に行ったこともねえ」

と言って、急に足を速めた。

「あっしも知りやせん」

浅黒い顔をした男は首をすくめるように頭を下げ、慌てて仲間の男の後を追った。

見知らぬ武士に、下手に賭場のことなど喋《しゃべ》れないと思ったようだ。

「逃げられたか」

竜之介は苦笑いを浮かべ、路傍に立って話の聞けそうな男が通りかかるのを待った。

それから、竜之介は、博奕に手を出しそうな男をみつけて何人かに訊いたが、賭場のある場所はつかめなかった。

竜之介が別の場所で訊いてみようと思ったとき、通りの先から足早に歩いてくる平十と千次の姿が目に入った。

竜之介は路傍に立って、ふたりを待った。ふたりは竜之介の姿を目にしたらしく、小走りになった。

竜之介はふたりが近付くと、

「賭場のある場所は、知れたか」

すぐに、訊いた。

「知れやした」

平十が言った。

「賭場は、どこにある」

「この先のようでさァ。通り沿いに、料理屋がありやしてね、その店の脇の道を入った先だそうで」

どうやら、平十が賭場のある場所を聞き込み、ここに来る途中、千次と顔を合わせて一緒にもどったらしい。

「行ってみよう」

竜之介たち三人は、足早に川上にむかって歩いた。

三人が二町ほど歩いたとき、

「そこに、料理屋がありやす」

平十が、通り沿いにあった二階建ての店を指差して言った。二階にも客を入れる座敷があるらしく、嬌声《きょうせい》や男の談笑の声などが聞こえてきた。

「店の脇に、道があるな」

竜之介は料理屋の脇に路地があるのを目にとめた。

4

竜之介たち三人は、料理屋の脇の路地まで来て足をとめた。

にっいた。

「どうしやす」

平十が訊いた。

竜之介が言った。

「賭場があるかどうか、確かめよう」

三人は路地に入ると、通行人を装い、すこし間をとって歩いた。賭場らしい建物は見当たらなかった。

竜之介は、路地の左右に目をやりながら歩いた。それから、一町ほど歩いたろうか。路地から脇に入る小径《こみち》に目をとめた。

その小径を半町ほど行った先に、仕舞屋《しもたや》がある。町人の住居《すまい》にしては大きな家で、板塀がめぐらせてあった。

竜之介は、その家の戸口に若い男が立っているのを目にした。遊び人ふうの男だった。小袖《こそで》を裾高《すそだか》に尻《しり》っ端折《ぱしよ》りし、両脛《すね》を露《あらわ》にしている。

……あの男、賭場の下足番だ！

竜之介は胸の内で声を上げた。

竜之介は、すばやく路地沿いで枝葉を茂らせていた樫《かし》の樹陰にまわった。そして、後続の平十と千次を手招きして呼んだ。三人は、賭場の客や甚蔵の子分の目にとまらないように身を隠したのである。

「あれが、賭場ですかい」

平十が小声で訊いた。

「そのようだ」

「賭場は、ひらいているようですぜ」

「まだ、すこし早いようだ。客や代貸が、姿を見せるのはこれからだろう」

「踏み込みやすか」

千次が意気込んで言った。

「いま、賭場に踏み込んでも、いるのは子分たちだけだろう。それに、ここにいる三人だけでは、おれたちが殺《や》られるぞ」

竜之介は風間たちと別れた場所にもどり、人数を揃えて出直そうと思った。

竜之介たち三人は、足早に来た道を引き返し、駒形町の桟橋の近くにもどった。

まだ、風間たちの姿はなかった。

風間たちが、その場にもどってきたのは、それから半刻《はんとき》（一時間）ほど経ってからだった。

「風間、甚蔵の賭場《とば》が知れたぞ」

すぐに、竜之介が言った。

「知れましたか！」

風間が声高に言った。風間といっしょに来た寅六とおこんも、驚いたような顔をして竜之介に目をむけている。

「賭場はひらいているらしく、戸口に下足番らしい男がいた」

「賭場に踏み込みますか」

風間が意気込んで訊《き》いた。その場にいた寅六とおこんも、竜之介の次の言葉を待っている。

「焦るな。まだ、甚蔵がいるかどうかもつかんでいないのだ。下手に踏み込んで、子分を何人か捕らえても、甚蔵に逃げられれば、どうにもならぬ」

「いかさま」

風間は顔をひきしめてうなずいた。

「ともかく、明日、出直そう」

竜之介は、甚蔵の居所をつかむのが先だと思った。代貸や子分の何人かを捕らえても、肝心の甚蔵に逃げられたのでは、どうにもならない。

竜之介たちがそんなやり取りをしているところに、茂平がもどってきた。竜之介が甚蔵の賭場が知れたことを話してから、

「猪八は、花乃屋にいたか」

と、声をあらためて訊いた。

「いやした。猪八は花乃屋に身を隠しているようでさァ」

「そうか」

竜之介は、甚蔵の居所がつかめなければ、猪八を捕らえて訊問《じんもん》するのも手だと思った。

それから、竜之介は明日朝のうちに、この場に集まることを話し、風間たちとともに平十の舟に乗った。今日は、このまま瀬川屋に帰るのである。

翌朝、竜之介は瀬川屋に姿を見せた千次と風間を連れ、平十の舟に乗り込んだ。曇天だった。朝だというのに、夕暮れ時のように薄暗かった。竜之介たちの乗る

舟は、大川を遡《さかのぼ》り、これまでと同じように駒形町の桟橋に着いた。

岸際に植えられた柳の樹陰に、茂平の姿はあったが、おこんと寅六はまだ来ていなかった。

竜之介たちがいっとき待つと、おこんと寅六が、小走りに近付いてきた。

「遅れやした」

寅六が言うと、おこんも、

「朝、起きるのが、遅くなってしまってね」

と、照れたような顔をして言った。

おこんは、浅草の東仲町《ひがしなかちょう》で独り暮らしをしていると口にしていたが、竜之介はおこんの家がどこにあるのか知らなかった。ただ、寅六は知っているらしく、何かあるとおこんに連絡してくれる。

「出かけるか」

竜之介が声をかけた。

竜之介たちはその場を離れ、大川端沿いの道を花川戸町にむかった。材木町を過ぎ、吾妻橋のたもとを通って花川戸町に入ると、竜之介たちは人目を引かないようにすこし間をとって歩いた。

5

先頭にたった竜之介と平十は、道沿いにある料理屋の脇で足をとめた。店の脇にある路地の先に、賭場はあるのだ。

竜之介は後続の風間たちが近付くのを待ち、

「賭場は、この路地の先だ」

と言って、路地を指差した。

「踏み込みやすか」

寅六が意気込んで訊いた。

「待て。まだ、賭場はしまっているかもしれん。だれもいないところに踏み込んでもどうにもならぬ」

すぐに、竜之介が言った。

「平十、茂平とふたりで、賭場の様子をみてきてくれ」

竜之介が、ふたりに声をかけた。竜之介は、武士体の己の姿が甚蔵の子分の目にとまったら、不審を抱かれるとみたのだ。

平十は賭場のある場所を知っていたし、茂平は「蜘蛛《くも》の茂平」と呼ばれる盗人《ぬすっと》だったことがあるので、子分たちに見られないように賭場に近付くことができるだろう。

「承知しやした」

平十が言い、先に路地に入った。

茂平はすこし間をとって、平十の後についた。ふたりは通行人を装って、賭場に近付いていく。

竜之介たちは、通りを行き交う人に不審を抱かせないように、すこし離れた場所に立って、平十と茂平がもどるのを待った。

路地に入った平十と茂平は、なかなか出てこなかった。竜之介は、ふたりに何かあったのかと思い、様子を見に路地に入ろうとした。そのとき、路地から平十が出てきた。その後方に、茂平の姿もあった。

竜之介は、ふたりを手招きして路傍に呼んだ。料理屋の脇に集まっていると、通りすがりの者だけでなく、料理屋の者や客たちが不審を抱くとみたからだ。

竜之介はふたりがそばに来ると、

「平十、何か知れたか」

と、訊いた。風間たちは、平十に目をむけている。

「賭場は、まだひらいてねえんで」

平十によると、戸口に子分らしい男がひとりいたが、賭場のある家はひっそりとして客のいる様子はなかったという。

平十は、「茂平が家の近くまで行きやしたから、聞いてくだせえ」と茂平に目をやって言った。

「茂平、どうだ、賭場の様子は」

竜之介が訊いた。

「賭場には、子分が三、四人いただけでさァ」

茂平がくぐもった声で言い、「代貸も壺《つぼ》振りも、まだで」と言い添えた。

「賭場をひらくのは、陽が西の空にまわるころかもしれんな」

「どうします」

風間が、竜之介に訊いた。

「賭場がひらくころ来ても、甚蔵は姿を見せまいな。代貸や壺振りが姿をあらわすころ、待ち伏せて、代貸を捕らえるのも手だが……」

竜之介は、代貸や壺振りを捕らえると、甚蔵は賭場だけでなく花川戸町からも姿を消すのではないかと思った。そうなると、甚蔵の行方をつきとめるのが、さらに難しくなる。

竜之介はいっとき黙考していたが、

「おれたちがやったと気付かれないように、ひとり子分を捕らえるか」

と、その場にいる風間たちに目をやって言った。

「捕らえて、甚蔵の居所を聞き出すのですか」

風間が訊いた。

「そうだ。甚蔵の居所が知れれば、賭場《とば》を見張ることもない」

「ひとり、捕らえましょうよ」

それまで黙って聞いていたおこんが、口をはさんだ。すると、寅六や平十たちの間からも、「やりやしょう」という声が上がった。

「捕らえるなら、代貸や客たちのいないいまがいい」

竜之介が、その場に集まっている者たちに目をやって言った。

竜之介たち七人は、料理屋の脇の路地に入った。そして、前方に賭場に使っている家が見えるところまで来ると、路傍に足をとめた。

「家に踏み込むのも手だが、騒ぎが大きくなるぞ」

竜之介は、子分を捕らえたことをしばらく甚蔵に知られたくなかった。甚蔵は、子分が火盗改に捕らえられたことを知れば、姿を消すにちがいない。そうなっては、子分から甚蔵の隠れ家を聞き出してもどうにもならない。

「おれたちのことが知れないように、子分を捕らえたい」

竜之介が、その場にいた六人に目をやって言った。

「子分が、家から出てくるのを待ちやすか」

平十が言った。

「それしかないな」

竜之介は物陰に身を隠し、子分が通りかかるのを待とうと思った。

竜之介たちは路地沿いの樹陰に身を隠し、賭場になっている家から子分が出てくるのを待った。

それから、小半刻《こはんとき》（三十分）ほど過ぎたとき、家の戸口に子分らしい若い男が、ひとり姿をあらわした。だが、男は戸口近くに立ったままで、路地に出てくる様子はなかった。

「あたしが、連れてきますよ」

おこんがそう言って、その場を離れようとした。

「おこん、どうするのだ」

竜之介が訊《き》いた。

「甚蔵親分に、頼まれたとでも話しましょうか」

おこんの顔は、平静だった。おこんは掏摸《すり》だっただけあって、遊び人やならず者を恐れるようなことはなかった。そうした男の扱いにも慣れている。

「おこん、無理をするな」

竜之介が声をかけた。

「親分の名を出して、うまく連れ出します」

おこんは樹陰から出ると、ひとりで賭場になっている家にむかった。

竜之介たちは、樹陰から身を乗り出すようにしておこんを見つめている。

6

おこんは路地を歩き、賭場になっている家の前までくると、小径《こみち》をたどって男の立っている戸口にむかった。

男は近付いてくるおこんに気付いたようだが、騒ぎ立てる様子はなかった。物珍しそうにおこんを見ている。

おこんは男に近付くと、足をとめ、

「あたしの名は、おまさ」

と、偽名を口にした。

「おまさ、何の用だい」

男が薄笑いを浮かべて訊いた。

「甚蔵の旦那《だんな》に、頼まれたんだよ」

おこんは、甚蔵の名を出した。

「お、親分に頼まれたと！」

男が驚いたような顔をして言った。

「甚蔵の旦那は、表通りの近くまであたしといっしょに来たんだけどね。胸が苦しいと言って、木の陰で休んでるんだ。……あたし、この家に来て、若い衆がいたら連れてくるように頼まれたんだよ」

おこんは、男を連れ出すために作り話を口にした。

「近いのか」

すぐに、男が訊いた。おこんの話を信じたらしい。

「近いよ。いっしょに、来てくれるかい」

「行く。親分のところに、連れてってくれ」

「こっちだよ」

おこんは、先にたって小径をたどって路地に出た。

おこんは男を連れて、竜之介たちが樹陰に身を潜めている場所に近付いた。おこんと男が、竜之介たちのそばまで来たときだった。

樹陰から、六人の男が一斉に飛び出した。竜之介と平十が男の前に、風間と茂平が背後に、千次と寅六が、両脇にまわり込んだ。四方を取り囲んで、男の逃げ道を塞《ふさ》いだのである。

「な、なんだ、てめえたちは！」

男はひき攣《つ》ったような顔をして、その場につっ立った。

「おまえさんに、用があるんだよ」

おこんは、そう言うと、足早に男のそばから離れ、竜之介の背後にまわり込んだ。

竜之介は抜刀し、刀身を峰に返した。峰打ちに仕留めるつもりだった。背後に立った風間も、刀を抜いて峰に返した。平十だけが取縄を手にしていたが、他の男たちは、素手である。

「殺してやる！」

男は懐から匕首《あいくち》を取り出した。逆上しているらしく、手にした匕首がワナワナと震えている。

「匕首を捨てろ！」

竜之介は一歩踏み込んだ。

「死ね！」

叫びざま、男は匕首を顎《あご》の前に構えてつっ込んできた。そして、竜之介に迫ると、手にした匕首を突き出した。

咄嗟《とっさ》に、竜之介は右手に体を寄せざま刀身を横に払った。一瞬の太刀捌《さば》きである。

ドスッ、という皮肉を打つ鈍い音がし、竜之介の刀身が男の腹を強打した。峰打ちである。

男は匕首を取り落とし、苦しげな呻《うめ》き声を上げてその場にうずくまった。

竜之介は刀の切っ先を男の喉元《のどもと》にむけ、

「縄をかけてくれ」

と、平十たちに声をかけた。

すぐに、平十と寅六が、男のそばに行き、用意した縄を広げ、男の両腕を後ろにとって縛った。

「猿轡《さるぐつわ》をかましておきます」

風間が男の背後にまわり、懐から手ぬぐいを取り出して猿轡をかませた。

「ここにいては、子分たちや賭場の客たちが来るぞ。手筈《てはず》どおり、大川の岸近くに連れていく」

竜之介が言った。

「あっしは、舟をまわしやす」

そう言って、平十は足早に表通りの方にむかった。

竜之介たちは、ここに来る前、子分のひとりを捕らえたら、近くで舟に乗せて瀬川屋まで連れていくことにしていた。人目の多い大川端の道を、捕らえた男を引き連れて駒形町の桟橋まで連れていくわけにはいかなった。当然、甚蔵の子分の目にも触れ、仲間のひとりが捕らえられたことを知るだろう。

甚蔵は、子分から話を聞き、賭場をとじて姿を消してしまうはずだ。

平十は、瀬川屋から客を舟に乗せ、吉原へ連れていくことがあったので、この辺りの大川のことは熟知していた。どこに、桟橋や船寄《ふなよせ》があるかも頭に入っている。

竜之介は着ていた羽織を捕らえた男の頭から被《かぶ》せ、猿轡と後ろ手に縛った縄を隠した。そして、風間が男の後ろに立ち、千次、寅六が左右につづいた。おこんと茂平は、竜之介のすぐ前を歩いていく。

竜之介たちは、捕らえた男を近くの船寄に連れていった。近所に住む漁師が利用する船寄であろうか。小舟が一艘《そう》舫《もや》ってあるだけで、近くに人影もなかった。

しばらく待つと、平十の舟が、川下に見えた。平十は艫《とも》に立ち、棹《さお》を使って舟を船寄に近付けてくる。

平十は船寄に船縁《ふなべり》をつけ、

「乗ってくだせえ」

と、竜之介たちに声をかけた。

舟に乗ったのは、竜之介、風間、千次の三人、それに捕らえた男である。おこん、寅六、茂平の三人は、その場に残った。

竜之介たちは瀬川屋に捕らえた男を連れていって、訊問《じんもん》するつもりだったが、それほどの人数はいらなかった。それに、おこんたちは、瀬川屋に行っても、浅草にあるそれぞれの塒《ねぐら》に帰らねばならない。

竜之介たちが捕らえた男を連れて舟に乗り込むと、

「舟を出しやすぜ」

平十が声をかけ、棹を使って水押《みお》しを下流にむけた。

船寄に残ったおこんたち三人は、遠ざかっていく舟に目をやっていたが、いっときすると、その場を離れた。

7

竜之介たちは、捕らえた男を瀬川屋の離れに連れ込んだ。

離れの座敷に残ったのは、竜之介と風間、それに捕らえた男の三人だけだった。千次は自分の家にもどり、平十は瀬川屋にいた。平十は瀬川屋の船頭として、客の送迎にあたるつもりらしい。

竜之介は、男を座敷のなかほどに座らせてから猿轡をとった。

「ここは、船宿の離れだが、おれは火盗改だ」

竜之介は、火盗改であることを明かした。名乗らずに訊問するより、男が早く口を割るとみたからである。

「か、火盗改《かとう》……」

男は目を剝《む》いた。船宿の離れに連れ込まれたし、風間を除くと、いっしょに女や船頭もいたので、町方や火盗改とは思わなかったようだ。

「おまえの名は」

竜之介が訊《き》いた。

男は口をつぐんだまま戸惑うような顔をしたが、

「伊吉《いきち》でさァ」

と、小声で名乗った。

「伊吉がいたのは、甚蔵の賭場だな」

竜之介は甚蔵の名を出して訊いた。

「し、知らねえ。甚蔵なんてえ男は、知らねえ」

伊吉が言った。

「鬼甚と訊けば、分かるか」

「知らねえ。鬼甚なんてえ名は聞いたこともねえ」

「隠しても無駄だ。あそこは、甚蔵の賭場と承知の上で訊いているのだ」

竜之介はそう言った後、

「甚蔵の賭場だな」

と、語気を強くして訊いた。

伊吉はいっとき口をむすんでいたが、

「そ、そうで……」

と、小声で言った。隠しきれないと思ったようだ。

「甚蔵は、あの賭場にはいないな」

「へえ」

「どこにいる」

「知らねえ。嘘じゃァねえ。あっしらは、親分がどこにいるか知らされてねえんだ」

伊吉が向きになって言った。

竜之介は、伊吉が嘘を言っているとは思わなかったので、

「塒は知らなくとも、どの辺りにいるかは、聞いているだろう。賭場のある花川戸町か」

と、伊吉を見すえて訊いた。

「花川戸町と聞いたことがありやす」

「花川戸町のどの辺りだ」

竜之介が畳み掛けるように訊いた。

「大川端だと聞いたことがありやすが……」

伊吉は語尾を濁した。はっきりしないのだろう。

「大川端な」

大川端だけでは、探しようがなかった。花川戸町は、大川沿いに長くひろがっている。

「甚蔵は、子分たちにも居所を知らせないようだが、どうやって連絡《つなぎ》をとっているのだ」

竜之介が訊いた。

「代貸や駒造《こまぞう》兄いが、親分の居所を知っていて連絡をとってるようでさァ。それに、たまに親分も賭場に顔を出すときがありやす」

伊吉によると、代貸の名は伊勢蔵《いせぞう》で、駒造は甚蔵の古くからの子分だという。

「伊勢蔵と駒造の塒は、どこだ」

竜之介は、ふたりを捕縛して甚蔵の居所をつきとめようと思った。

「代貸の塒は、知らねえ」

「駒造は」

「駒造の兄いは、姐《あね》さんと一緒に住んでまさァ」

「姐さんは、どこにいる」

「小料理屋で」

伊吉によると、姐さんの名はおりんで、吾妻橋のたもと近くで桔梗屋《ききょうや》という小料理屋をひらき、そこに住んでいるという。

「花川戸町か」

吾妻橋のたもとの北側が花川戸町で、南側が材木町である。

「そうでさァ」

「ところで、甚蔵のそばには腕の立つ用心棒がいるな」

竜之介が声をあらためて訊いた。

「二本差しですかい」

「そうだ」

「原島《はらしま》の旦那《だんな》でさァ」

伊吉が、武士の名は原島桑兵衛《そうべえ》で牢人《ろうにん》だと話した。原島が、甚蔵の賭場《とば》に遊びに来ていたとき、博奕《ばくち》に負けたならず者が、「いかさまだ！」と叫んで、匕首《あいくち》を手にして暴れ出したという。これを目にした原島は、男を賭場から連れ出し、一太刀で仕留めたそうだ。

「仲間から聞いた話で、くわしいことは知らねえが、親分は原島の旦那を気に入り、大金を握らせて用心棒のように連れ歩くようになったようでさァ」

「いまも、原島は用心棒として甚蔵のそばにいるのだな」

「そう聞いていやす」

「うむ……」

竜之介は、いつか原島と決着をつけるときがくると思った。

竜之介はいっとき黙考していたが、

「風間から訊いてくれ」

と言って、風間に目をやった。

「親分の甚蔵は、表に顔を出さないようだが、何か理由《わけ》があるのか」

風間が訊いた。

「詳しいことは知らねえが、親分は顔を出すのを嫌っているようでさァ。若え情婦《いろ》が、世話をしてると聞きやしたが」

伊吉の顔に薄笑いが浮いた。

「身内はいないのだな」

「いねえと聞いてやす」

「そうか」

風間は、伊吉の前から身を引いた。

すると、伊吉は竜之介に目をやって、

「あっしを帰《けえ》してくだせえ。あっしの知っていることはみんな話しやした」

と、訴えた。

「死んでもいいなら、帰してやる」

竜之介が言った。

「……！」

竜之介を見上げた伊吉の顔がこわばった。

「伊吉、おまえが甚蔵の子分たちのところに帰ったら、喜んで迎えてくれるとでも思っているのか。おまえが、おれたちに喋《しゃべ》ったことは、すぐに知れるぞ」

「こ、殺される」

伊吉の顔が紙のように青ざめ、体が激しく顫《ふる》えだした。

「命が惜しかったら、しばらくここでおとなしくしていろ。それが嫌だったら、火盗改の御頭の御屋敷にある牢に、入れてやってもいいぞ」

竜之介が言った。火盗改の頭の横田の屋敷には、拷問蔵《せめぐら》や罪人を入れる牢もあったのだ。

「こ、ここに、居させてくだせえ」

伊吉が声を震わせて言った。

「ただ、すこし窮屈だぞ」

竜之介は、事件の始末がつくまで、伊吉に縄をかけて離れにとじこめておくつもりだった。

8

伊吉を訊問《じんもん》した翌日、竜之介、風間、平十、千次の四人は、平十の舟で、花川戸町にむかった。竜之介たちは、兄貴格の駒造の塒《ねぐら》をつきとめるつもりだった。駒造なら、代貸の伊勢蔵と頭目の甚蔵の塒を知っているとみたのだ。

花川戸町にある船寄には、茂平と寅六の姿があったが、おこんはいなかった。船寄は狭いので、近くの通りで待っているのかもしれない。

平十は船寄に船縁《ふなべり》をつけると、

「下りてくだせえ」

と、声をかけた。竜之介、風間、千次の三人は、舟から桟橋に下りた。

「おこんは、どうした」

竜之介が、船寄にいた茂平と寅六に目をやって訊《き》いた。

「それが、おこんさんは、ここに来てねえんでさァ」

寅六が心配そうな顔をして言った。

「おこんは、ここに来ると言っていたのか」

「昨日の帰りには、言ってやした」

寅六は途中まで、おこんといっしょに帰ったという。

「何か、都合があったのかもしれんな」

竜之介たちは、平十が舫《もや》い杭《ぐい》に舟を繋《つな》ぐのを待って、川沿いの表通りに出た。そこは花川戸町で、伊吉のいた賭場の近くである。

「まず、桔梗屋を探し、駒造を捕らえる」

竜之介は表通りを川下にむかいながら、茂平と寅六に目をやって言った。舟でいっしょに来た風間や平十たちには話してあったのだ。

「桔梗屋は、吾妻橋のたもと近くにあるようだ」

竜之介は伊吉から聞いたことを話した。

いっとき川下にむかって歩くと、吾妻橋が眼前に迫ってきた。橋のたもとを大勢のひとが行き交っている。

吾妻橋は、浅草と本所を繫ぐ橋であり、浅草寺がすぐ近くにあることもあって、橋のたもとはいつも賑《にぎ》わっていた。

「近くに、小料理屋があるはずだ。探してくれ」

竜之介が、男たちに声をかけた。

六人の男は橋の近くで散らばり、桔梗屋という小料理屋を探すことにした。


ひとりになった千次は、賑やかな橋のたもとや浅草寺の門前につづく通りを歩いて探したが、小料理屋らしい店はなかった。

千次は裏路地や狭い通りにあるのではないかと思い、周囲に目をやると、二階建ての大きな料理屋の脇にある路地が目にとまった。

裏路地らしい狭い道だが人通りは多く、居酒屋、一膳《いちぜん》めし屋、鮨屋などの飲み食いできる店が目についた。

千次は路地に入ってみた。浅草寺から流れてきた遊山客や参詣《さんけい》客が多いようだった。小料理屋もある。

目にした小料理屋の入口の脇に掛看板があった。記してあった店の名は、桔梗屋ではなかった。千次は、小料理屋の前を通り過ぎ、さらに半町ほど歩いた。

千次は、そば屋の並びに小料理屋らしい店があるのを目にとめ、店先に近付いてみた。

……この店だ！

千次は胸の内で声を上げた。

店の脇の掛看板に「御料理　桔梗屋」と記してあった。千次は通行人を装って店先に近付いてみた。客がいるらしく、店のなかから嬌声《きょうせい》と男の濁声《だみごえ》が聞こえた。

千次はすぐに踵《きびす》を返し、来た道を引き返した。

千次は吾妻橋のたもと近くの竜之介たちと別れた場所にもどったが、待っていたのは平十ひとりだった。

千次と平十がその場に立っていっとき待つと、竜之介と風間がもどり、つづいて寅六と茂平も姿を見せた。

千次は、竜之介たちが近付くのを待って、

「桔梗屋をみつけやした！」

と、昂《たかぶ》った声で言った。

「見つけたか」

竜之介が言った。その場にいた男たちの目が千次に集まった。

「駒造はいたか」

竜之介が訊いた。

「それが、分からねえんで」

千次は、店のなかから女の声や客らしい男の声が聞こえたが、駒造がいるかどうか分からないと話した。

「桔梗屋に駒造がいるかどうか確かめたいな」

竜之介は、駒造がいれば、仲間を装って呼び出すか、店から出るのを待つかして捕らえたいと思った。

「店に行ってみよう」

竜之介が言った。

「こっちでさァ」

千次が先にたち、桔梗屋のある路地に入った。

千次は桔梗屋の近くまで来て路傍に足をとめ、

「その店でさァ」

と言って、斜向《はす》かいにある小料理屋を指差した。何人かの客がいるらしく、男の濁声や笑い声が聞こえた。

「駒造はいるかな」

竜之介は、駒造がいなければ、出直すしかないと思っていた。

「店を覗《のぞ》いてみやすか」

平十が言った。

「駒造がいても、店にいるとはかぎらないぞ。奥の座敷か、二階にいるかもしれん」

竜之介は、駒造が客のいる場にいるとは思えなかった。店の間口は狭かったが、二階もある。

竜之介たちが、そんなやり取りをしていると、桔梗屋の入口の格子戸があいて、客らしい男がふたり、それに女将《おかみ》らしい年増《としま》が出てきた。年増は、客を見送りにきたらしい。年増は、駒造の情婦《いろ》かもしれない。

男のひとりが、下卑た話でもしたのか、年増が男の肩先をつついた。そして、

「また、来てくださいね」と言い残し、踵を返して店に入ってしまった。

その場に残ったふたりの男は、ふらつく足取りで店先から離れた。そして、路地の先にむかって歩いていく。

「あっしが、話を訊《き》いてきやす」

そう言い残し、平十はその場から走りだした。

竜之介たち五人は、その場に残った。路地は大勢のひとが行き交っていたので、通りの邪魔にならないように、竜之介たちは路地沿いの店の脇に身を寄せて立っていた。

平十はふたりの男と何やら話しながら歩いていたが、いっときすると、平十だけが足をとめた。そして、ふたりの男に声をかけて踵を返した。話は済んだらしい。

平十は小走りに、竜之介たちのそばにもどってきた。

「店に駒造はいたか」

すぐに、竜之介が訊いた。

「いねえようでさァ」

平十が話を訊いたふたりの男は、駒造のことを知っていたという。そのふたりによると、駒造は女将の情夫らしいが、今日は店にいなかったそうだ。

「いないのでは、店を見張ってもどうにもならないな」

竜之介たちは、来た道を引き返した。

そして、吾妻橋のたもとにもどると、

「せっかくここまで来たのだ。念のため、花川戸町にある賭場《とば》へ行ってみるか」

竜之介が言った。

「賭場に、いるかもしれませんよ」

風間が、その場に集まっている男たちに目をやって言った。

竜之介たち六人は、大川端沿いの道を川上にむかい、料理屋の脇の道に入ると、賭場になっている家の近くまで行ってみた。

家の入口の板戸は、しまっていた。辺りに人気はなく、若い衆の姿もなかった。

賭場はひらいていないらしい。

「伊吉を捕らえた後、賭場はとじたままらしい。伊吉から、賭場のある場所が町方か火盗改に洩《も》れたとみたのかもしれぬ」

甚蔵一家の者たちは、用心して賭場をしめたのだろう、と竜之介はみた。

「今日のところは、おれたちも引き上げるか」

そう言って、竜之介は踵を返した。

第四章　おこん危うし

1

五ツ（午前八時）ごろであろうか。瀬川屋の離れの腰高障子が朝陽に白くかがやいていた。竜之介は遅い朝餉《あさげ》を食っていた。離れに閉じ込められていた伊吉は、おいそが用意してくれた握りめしを頰張っている。竜之介が、縄を解《ほど》いてやったのだ。

伊吉は、逃げる気がないらしい。縄を解く気になれば、自分でも解けたが、竜之介がいないときも、縛られたまま離れにとどまっている。ただ、廁《かわや》に行くために、縄を解くときもあるようだ。

「伊吉、逃げないのか」

竜之介が訊いた。

「いま、ここを逃げても、あっしの行き場所はねえ。下手に、花川戸町にもどれば、駒造兄いたちに、なぶり殺しになりまさァ」

伊吉が、握りめしを頬張りながら言った。

「そうかもしれんな」

「旦那《だんな》たちが始末をつけたら、帰《けえ》らせていただきやす」

「勝手にしろ」

竜之介はめしを食べ終え、茶の入っている湯飲みに手を伸ばした。

そのとき、戸口に近寄ってくる足音がした。何人か、いるようだ。足音は戸口でとまり、

「雲井の旦那、いやすか」

と、平十の声がした。

「いるぞ」

竜之介が、「入ってくれ」と声をかけると板戸があいた。

姿を見せたのは、平十と寅六だった。何かあったのか、寅六の顔に不安そうな表情がある。

「旦那、おこんさんの姿が見えねえんで」

寅六が土間に立ったまま言った。

「なに、おこんの姿が見えないと」

竜之介が寅六に目をやって訊いた。

「へい、昨夕、おこんさんの家に行ってみたんですがね、姿がねえんでさァ」

寅六によると、おこんは独りで仕舞屋《しもたや》に住んでいるという。商家の旦那がかこっていた妾宅《しょうたく》だったところで、妾《めかけ》が亡くなって空き家になっていたのを、おこんが安く買い取ったそうだ。

「出かけていたのではないか」

竜之介が言った。

「あっしも、そう思いやしてね。今朝、暗いうちにいってみたんでさァ。……おこんさんはいねえし、昨夜、帰ってきた様子もねえんで」

「うむ……」

竜之介も、おこんの身に何かあったようだと思った。

「どうしやす」

寅六が不安そうな顔で訊いた。

「ともかく、おこんの住む家に行ってみよう。おこんの身に何があったのか、分かるかもしれん」

そう言って、竜之介は立ち上がった。

竜之介が出かける仕度をし、離れから出ようとしたところに、風間が姿を見せた。

「花川戸町へ、むかうところですか」

風間が訊いた。

竜之介は風間たちと花川戸町へ行き、甚蔵の賭場を探ることになっていた。おこんや寅六も、いっしょにである。

「花川戸町へは、風間たちだけで行ってもらうことになるかもしれぬ」

そう言って、竜之介は栈橋にむかった。風間、平十、寅六の三人も、竜之介の後につづいた。

栈橋には、千次の姿があった。竜之介たちといっしょに、花川戸町へ行くのである。

「平十、今日は舟を駒形町の栈橋にとめてくれ。おれは、東仲町に行ってみる」

竜之介が、平十に声をかけた。

「おこんさんのところへ、行くんですかい」

「そうだ」

竜之介は舟に乗り込んだ。つづいて、風間、寅六、千次の三人も舟に乗った。艫《とも》に立った平十は、「舟を出しやすぜ」と声をかけてから、水押《みお》しを上流にむけた。

竜之介は舟が桟橋から離れたところで、おこんの姿が住居《すまい》から見えなくなったことを話し、

「風間、おれと寅六とで、東仲町へ行く。風間たちは、予定どおり、花川戸町へ行ってくれ」

と、風間に言った。

「承知しました」

風間が表情を硬くして言った。

「用心しろよ。どこに、甚蔵の子分たちの目があるか分からないからな」

「用心します」

「おこんの様子が知れれば、おれたちも花川戸町へむかうが、風間たちは平十の舟で先に瀬川屋にもどってもいいぞ」

竜之介はそう言ったが、花川戸町へむかうのは、無理かもしれない、と思った。

竜之介と風間が、そんなやり取りをしている間に、舟は駒形町の桟橋に着いた。

「風間、今日は早目に帰ってくれ」

そう言い置き、竜之介は舟を下りた。

寅六が竜之介につづいて下りると、

「旦那、あっしらは花川戸町へ行きやす」

平十が声をかけ、船縁《ふなべり》を桟橋から離した。風間たちの乗る舟は、花川戸町の船寄にむかうのである。

竜之介は風間たちの乗る舟が、遠ざかるのを待ち、

「寅六、案内してくれ」

と、声をかけた。

「へい」

寅六は、賑《にぎ》やかな駒形堂の方に足をむけた。

竜之介は、まず東仲町にあるおこんの住む家に行ってみようと思った。

竜之介と寅六は、駒形堂の脇を通って浅草寺の門前通りに出た。門前通りも賑わっていた。参詣客《さんけい》や遊山客が行き交っている。

2

竜之介と寅六は、賑やかな門前通りを浅草寺にむかって歩き、並木町《なみきちよう》に入った。並木町をしばらく歩くと、寅六が、

「こっちでさァ」

と言って、左手にある通りに入った。通りの先に、東仲町はひろがっている。

ふたりは東仲町の表通りをいっとき歩いた後、下駄《げた》屋の脇の路地に入った。路地沿いには店屋がすくなく、長屋や仕舞屋などが目についた。

路地をしばらく歩いてから、寅六が板塀をめぐらせた仕舞屋の前に足をとめた。路地に面したところに板塀はなく、わずかな庭があったが、すぐに戸口に行くことができる。戸口の板戸はしまっていた。

「この家でさァ」

寅六が言った。

「静かだな。だれも、いないようだ」

竜之介は仕舞屋に目をやった。妾宅ふうの家である。

「行ってみやすか」

「そうだな」

竜之介と寅六は、周囲に目をやりながら仕舞屋の戸口に近付いた。

家はひっそりとして、人声も物音も聞こえなかった。ひとのいる気配がない。

竜之介は戸口の格子戸を引いてみた。戸はすぐにあいた。敷居の先が狭い土間になっている。土間につづいて狭い板間があり、その奥に障子がたててあった。座敷になっているらしい。

「上がってみるか」

竜之介は板間に上がり、障子をあけた。

そこは、座敷だった。だれもいない。奥に長火鉢が置いてある。女の住む家の座敷らしく、衣桁《いこう》には花柄の着物が掛けてあった。

「留守のようだ」

「やっぱり、おこんさんは、だれかに連れていかれたんだ」

寅六が眉《まゆ》を寄せて言った。

そのとき、戸口に近付いてくる足音がした。

「おこんさんか!」

寅六は、戸口に顔をむけた。

「ふたりだぞ。……それに、男らしい」

竜之介は、座敷から出て戸口にむかった。寅六は、竜之介の後についてきた。

足音は戸口でとまった。家のなかの様子を窺《うかが》っているような気配がする。

「だれだか、知らねえが、外に出てきな」

戸口で男の声がした。

「いま、出る」

竜之介は、土間に下りると、左手で刀の鍔元《つばもと》を握り、鯉口《こいぐち》を切った。いつでも、抜刀できる体勢をとったのである。

寅六は、強張《こわば》った顔で竜之介の後についてきた。

竜之介が戸口の格子戸をあけた。

戸口の先に、男がふたり立っていた。ふたりとも小袖《こそで》を裾高《すそだか》に尻《しり》っ端《ぱしよ》折りし、両脛《すね》をあらわにしていた。遊び人のような恰好《かっこう》である。

年嵩《としかさ》と思われる赤ら顔の男が、

「火盗改《かとう》の旦那《だんな》ですかい」

と、竜之介を上目遣いに見て訊《き》いた。

「だとしたら、どうする」

竜之介が、赤ら顔の男を見すえて訊いた。

「旦那に伝えておくことがあって、来たんでさァ」

男の顔が、強張っていた。火盗改を目の前にして、平静ではいられないようだ。

もうひとりの面長な男も、不安そうな顔をしている。

「あっしらから、手を引いてもらいてえ」

赤ら顔の男が言った。

「おまえたちは、甚蔵の子分か」

竜之介の語気が、強くなった。

「そうかもしれねえ」

「手を引かないと言ったら」

「おこんの命はねえ」

赤ら顔の男が、上目遣いに竜之介を見た。

「そういうことか」

竜之介は、甚蔵たちがおこんを攫《さら》った理由が分かった。おこんを人質にとって、火盗改の動きを封じるためである。

「いいな、おこんを殺されたくなかったら、おれたちに手を出すなよ」

赤ら顔の男は、そう言い置いて踵《きびす》を返した。もうひとりの男は、後についていく。

「待ちゃァがれ！」

寅六が竜之介の脇から飛び出そうとした。

「待て」

竜之介は寅六の肩を手で押さえた。

「あいつら、おこんさんを人質にとったんですぜ」

「そのようだ。……おれたちが、このまま甚蔵を追い回したら、やつらおこんを始末するぞ」

甚蔵は、人質にとったおこんが何の役にもたたないとみたら、始末する、と竜之介はみた。

「どうすりゃァいいんです」

寅六が困惑したような顔をした。

「おれたちが、おとなしくしていれば、おこんを生かしておくはずだ」

「そうかもしれねえ」

「だが、おれたちが手を引いたら、甚蔵たちの思う壺《つぼ》だ。……おとなしくしているとみせて、ひそかにおこんの監禁場所を突き止めて助け出すのだ」

「そんなことが、できますかい」

「やるしかない」

竜之介は、茂平にも手を借りようと思った。茂平なら、甚蔵の子分たちにも気付かれずに、おこんが監禁されている場所をつきとめるだろう。

「寅六、茂平に会ってな、気付かれないように、夜になってから瀬川屋に来るように話してくれ」

「承知しやした」

寅六が顔をひきしめて言った。

3

その日、竜之介は瀬川屋に帰り、離れで着替えていると、風間が姿を見せた。竜之介は、座敷にいる伊吉に、外に出ているように話した。風間との話を伊吉に聞かせたくなかったのだ。

「あっしは、邪魔ですかい」

伊吉が薄笑いを浮かべて言った。

「邪魔だ。逃げてもかまわんぞ」

「縛られたまま逃げるわけには、いきませんや」

そう言って、伊吉は自分から外へ出ていった。

風間は伊吉と竜之介のやり取りを聞いて、

「伊吉は、逃げませんか」

と、訊いた。

「逃げてもかまわんが、伊吉は逃げようとしないのだ。ここの居心地がいいらしい」

竜之介は苦笑いを浮かべた。

風間は座敷に上がって、竜之介の前に座ると、

「駒造の居所は、つかめませんでした」

そう言って、今日の探索の様子を話した。

風間は平十を連れて花川戸町へ出向き、桔梗屋を見張ったが、駒造は姿をあらわさなかったという。

「風間、甚蔵たちは、おれたちに目を配っているようだぞ」

竜之介はそう言った後、おこんが、甚蔵たちに捕らえられ、どこかに監禁されていることを話した。

「おこんの家で、甚蔵の手先と会ったのだ」

竜之介は、おれたちが甚蔵から手を引かなければ、おこんは殺す、と脅されたことを言い添えた。

「そうだったのか」

風間の顔が強張った。

「ただの脅しでは、ないだろう」

そう言って、竜之介は口をつぐんだ。

風間は困惑したような顔をして黙っている。

「だが、手をこまねいていたのでは、甚蔵たちの思う壺だ。……手を引いたと見せて、おこんの監禁場所をつかんで、助け出すしかないな」

「いかさま」

風間がうなずいた。

「茂平の手を借りて、何とかおこんの監禁場所を探し出すつもりだ。……風間はしばらく、花川戸町へは行かず、様子をみてくれ」

「甚蔵から手を引くんですか」

風間の顔に、無念そうな表情が浮いた。

「いや、数日だけだ。おこんの監禁場所が分かれば、風間の手も借りる」

「分かりました」

「今夜な、茂平がここにくるはずだ。茂平の力を借りれば、おこんの監禁場所はかならずつきとめられる」

竜之介が、虚空を睨《にら》むように見すえて言った。

それから、半刻《はんとき》（一時間）ほど経ったろうか。戸口に近付いてくるかすかな足音が聞こえた。

「旦那《だんな》、いやすか」

茂平だった。

「入ってくれ」

竜之介が声をかけた。すると、戸があいて、茂平が姿をあらわした。茶の腰切半纏《ばんてん》に黒股引《ももひき》姿だった。闇に溶ける身装《みなり》である。

「上がれ。おれと、風間だけだ」

「あっしは、ここで」

茂平は上がり框《がまち》に腰を下ろした。座敷に上がって、竜之介と風間を前にして座るのは、気が引けるのだろう。

「おこんが、甚蔵たちにつかまったのを知っているか」

「へい、寅六から聞きやした」

茂平がくぐもった声で言った。

「何としても、おこんを助け出したい。……それでな、茂平に手を貸してもらいたいのだ」

「あっしも、そのつもりで来やした」

「さっそく、明日から浅草に出向いて、おこんの居所を探すつもりだ」

「へえ……」

茂平は虚空に目をやっていっとき黙考していたが、

「旦那、あっしは独りでやりてえんで……。それに、旦那はあまり浅草を歩きまわらねえ方が、いいような気がしやす」

と、小声で言った。

「そ、そうか」

竜之介も、いまは浅草を歩きまわらない方がいいような気がした。下手に動くと、甚蔵の子分に気付かれ、おこんを始末して浅草から姿を消すかもしれない。

「あっしと寅六とで、おこんの居場所を探ってみやす。見つかったら、すぐに知らせやすから、旦那はここにいてくだせえ」

「分かった」

竜之介は、茂平と寅六に任せようと思った。

「あっしは、これで」

茂平は腰を上げた。

竜之介は茂平が出ていった後、いっとき戸口に目をやっていたが、

「風間、おれたちはしばらくおとなしくしているしかないな」

と、苦笑いを浮かべて言った。

「茂平は、そう日を置かずに、おこんが監禁されている場所をつかんできますよ」

「おれも、そうみている」

「何かあったら、知らせてください」

そう言って、風間は立ち上がった。

4

風間が瀬川屋の離れにきた二日後、朝餉《あさげ》の後、竜之介が離れで着替えていると、平十と茂平が顔を出した。

ふたりは、座敷にいる伊吉を見ると、戸惑うような顔をした。伊吉の前で話していいかどうか迷ったらしい。

「伊吉、外へ出てろ」

竜之介が伊吉に声をかけた。

「へい」

伊吉は、すぐに立ち上がった。

竜之介は面倒なので、伊吉に縄をかけていなかった。何時逃げてもかまわないと思っていたのだが、伊吉は逃げようとしなかった。逃げて、甚蔵の子分たちの目にとまると、殺されると思っているらしい。

伊吉が平十と茂平に首をすくめるように頭を下げ、戸口から出ると、

「旦那、伊吉は逃げねえんですかい」

と、平十が驚いたような顔をして訊《き》いた。

「逃げないのだ。余程、ここが気に入ったらしい」

竜之介が苦笑いを浮かべて言った。

「おこんのことだな」

竜之介は、平十と茂平に目をやって訊いた。

「へい」

平十が答えた。茂平は黙ったまま立っている。

「とにかく、上がれ」

竜之介は、ふたりを座敷に上げた。

竜之介は平十と茂平が座敷に腰を下ろすのを待って、

「おこんのことで、何か知れたか」

と、訊いた。ふたりは、おこんのことで、竜之介に知らせることがあって来たとみたのである。

「知れやした」

平十は、あっしから話しやす、と言った後、

「茂平が、おこんの閉じ込められている家をつきとめたんでさァ」

と、茂平に目をやって言った。無口な茂平は、ちいさくうなずいただけで口をひらかなかった。

「どこだ」

竜之介が訊いた。

「西仲町でさァ」

そう言って、平十が「後は、茂平から話してくれ」と言って、茂平に目をやった。

茂平は口許《くちもと》に苦笑いを浮かべた後、

「松川屋《まつかわや》ってえ、料理屋の裏手にある借家でさァ」

それだけ言うと、口をとじてしまった。

「あっしも、行ってみやした。松川屋の脇の路地を入ってすこし歩くと、借家がありやしてね。そこに、おこんさんは、閉じ込められているようでさァ」

平十が言い添えた。

「その借家に、おこんはひとりでいるのか」

「政次《まさじ》ってえ男が囲っている情婦《いろ》の家のようで、おこんさんといっしょに女がいやす」

平十によると、政次は甚蔵の子分のなかでは兄貴格で、いまは西仲町界隈《かいわい》をまかされているらしいという。

「その家には、おこんの他に情婦がいるだけか」

竜之介は、おこんを助け出すために、その家にだれがいるか知りたかったのだ。

「政次がいやす。それに、名は知りやせんが、政次の弟分がふたり、出入りしてるようでさァ」

「すると、その家に、三人の男がいるとみていいな」

竜之介は、風間の手を借りようと思った。それに、茂平や平十もいっしょなら、おこんを助けられるだろう。

「おこんさんを助けやしょう」

平十が身を乗り出すようにして言った。

「茂平、明日の七ツ（午後四時）ごろ、駒形町の桟橋の近くで待っていてくれ。おこんを助けにいく」

「へい」

茂平が、ちいさくうなずいた。

その日、平十は舟で茂平を駒形町まで送ってやった。

翌日、風間が瀬川屋の離れに顔を出したのは、昼ちかくになってからだった。竜之介は、おこんが西仲町の借家に監禁されていることを話した後、

「七ツごろには、平十の舟で、駒形町まで行くつもりだが、風間も手を貸してくれ」

と、頼んだ。

「承知しました。おこんを助け出せば、花川戸町へ行って、甚蔵の隠れ家をつきとめることもできる」

風間が意気込んで言った。

その後、竜之介はおいそに頼んで、ふたり分の握りめしを用意してもらった。そして、風間とともに昼めしを食い、離れで一休みしてから平十の舟で、駒形町へむかった。

駒形町の桟橋近くに、茂平の姿はなかった。まだ、七ツまでには、間があるようだ。竜之介、風間、平十の三人は、川岸近くに立って茂平が来るのを待った。

竜之介たちがその場に来て、小半刻《こはんとき》（三十分）ほど経ったろうか。茂平が慌てた様子で、近寄ってきた。

「遅れちまいやした」

茂平は、戸惑うような顔をして言った。

「いや、おれたちが早過ぎたのだ」

竜之介は平十に、西仲町のおこんが監禁されている借家まで連れていってくれ、と頼んだ。

「こっちでさァ」

そう言って、平十が先にたった。

竜之介たちは人目を引かないように、すこし間をとって歩いた。

平十は浅草寺の門前通りをいっとき歩いた後、左手の道に入った。その道は、西仲町につづいている。

平十は何も言わず、行き交うひとを避《よ》けながら、西に向かって歩いていく。

西仲町に入っていっとき歩いた後、平十は二階建ての料理屋の脇で足をとめた。路地がある。どうやら、その料理屋が松川屋らしい。

平十は松川屋の脇の路地に足を踏みいれた。つづいて、竜之介たちも路地に入った。そこは寂しい路地で、人影はすくなかった。路地沿いに店屋はなく、長屋や仕《し》舞屋《もたや》がまばらに建っている。

前を行く平十が、路傍に建っている家の脇に足をとめた。古い家で、ひっそりとしていた。物音も話し声も聞こえない。

竜之介たちは、平十の脇に身を寄せた。空き家かもしれない。

「あれが、おこんの閉じ込められている家でさァ」

そう言って、平十が路地の先を指差した。

5

妾宅《しょうたく》ふうの家屋だった。路地からすこし入ったところに、戸口がある。大きな家で、四、五間はありそうだった。

「あの家のどこかにおこんは、閉じ込められているのだな」

竜之介が、家を見つめて言った。

「妾《めかけ》と政次の他に、弟分がいるかもしれねえ」

平十は睨《にら》むように家を見つめている。

「踏み込むか」

竜之介が言った。

「その前に、あっしが様子をみてきやす」

そう言って、平十がその場を離れた。

平十は通行人を装って妾宅ふうの家に近付いていく。足音をたてない。平十は家の前まで行くと、草履を直すような振りをして屈《かが》み、聞き耳を立てていた。いっときすると、平十は立ち上がり、家の前を通り過ぎた。そして、半町ほど歩いてから踵《きびす》を返し、竜之介たちのそばにもどってきた。

「どうだ、おこんはいたか」

すぐに、竜之介が訊《き》いた。

「いやした」

平十によると、家のなかから男と女の声が聞こえたという。女の声は、聞き覚えのあるおこんのものだったそうだ。

「よし、踏み込もう」

竜之介は風間に、念のため、裏手にまわるよう指示した。

風間は、無言でうなずいた。顔がひきしまり、双眸《そうぼう》が強いひかりを帯びている。

「いくぞ」

竜之介たちはその場を離れ、足音をたてないように忍び足で、おこんが監禁されている家に近付いた。

家の脇まで行くと、風間が、「裏手に行きます」と声を殺して言い、家の脇を裏手にむかった。

竜之介、平十、茂平の三人は、戸口に近付いて聞き耳をたてた。家のなかから、話し声が聞こえてきた。くぐもったような声だが、男と女であることは知れた。女はおこんであろう。

戸口の板戸に耳を近付けると、家のなかの声がはっきりと聞こえた。やはり、女の声の主はおこんだった。おこんは、男に家から出してくれ、と頼んでいるようだ。

竜之介は板戸に手をかけて、すこし引いてみた。ゴトッ、と音がして、一寸ほどあいた。戸締まりはしていないようだ。

ふいに、家のなかの話し声がやんだ。戸口の音が、聞こえたらしい。

「だれか、いるのか」

家のなかで、男の声がした。

竜之介は抜刀し、刀身を峰に返した。家のなかにいる男を、峰打ちで仕留めるつもりだった。竜之介の脇にいた平十は古い十手を手にしたが、茂平は素手のままだった。

「開けるぞ」

竜之介が小声で言って、板戸をあけた。

土間の先が、狭い板間になっていた。その先に、座敷がある。座敷に、おこんがいた。おこんは、後ろ手に縛られている。そばに、遊び人ふうの男がふたり、腰を下ろしていた。

「てめえら、おこんの仲間か！」

浅黒い顔をした男が、立ち上がりざま叫んだ。

「旦那《だんな》ァ！」

おこんが、竜之介に顔をむけて声を上げた。

竜之介は、土間から座敷に踏み込んだ、抜き身を手にしたままである。茂平と平十が後につづいた。平十は十手を手にしているが、茂平は素手だった。

「近付くと、殺すぞ！」

浅黒い顔の男が、懐から匕首を取り出し、おこんの喉元《のどもと》にむけた。

竜之介と平十の動きがとまった。下手に動くと、おこんが殺されるとみたのである。

すると、浅黒い顔の男は、もうひとりの男に、おこんを立たせるよう指示した。

浅黒い顔の男が、兄貴格のようだ。政次であろう。もうひとりは、弟分らしい。

「そこをどけ！」

政次が声を上げ、弟分の男とふたりでおこんを連れ、戸口へ出てきた。おこんを連れて逃げるつもりらしい。

そのときだった。座敷の隅にいた茂平が体を屈めたまま、スッと政次の後ろにまわり込んだ。まさに、蜘蛛《くも》のような動きである。

政次が、茂平の気配に気付いて振り返った。すると、茂平が政次の匕首を持った右手を両手でつかんだ。一瞬の動きである。

これを見た竜之介の全身に、斬撃《ざんげき》の気がはしった。鋭い気合とともに、踏み込みざま手にした刀を横に一閃《いっせん》させた。

ドスッ、という鈍い音がし、政次の上半身が、前にかしいだ。竜之介の峰打ちが、政次の腹を強打したのだ。

すかさず、茂平が政次を押さえ付け、平十が逃げようとしたもうひとりの男に飛び付き、足をからめて押し倒した。

そうしているところに、風間が飛び込んできた。裏手から入った風間は座敷の物音を聞いて、駆け付けたらしい。

平十、茂平、風間の三人で、政次と弟分の男に縄をかけた。その間に、竜之介はおこんの縄を解《ほど》いてやった。

「み、みんな、すまないねえ」

おこんが、涙声で言った。

「このふたりは、甚蔵の子分だな」

竜之介が訊いた。

「政次は兄貴分で、田原町に賭場《とば》があったときは、貸元の甚蔵のそばにいて、幅を利かせていたようだよ」

おこんが言った。

「もうひとりは」

「名は佐之吉《さのきち》で、政次の弟分です」

「よし、政次と佐之吉を瀬川屋に連れていこう」

竜之介は、ふたりを訊問《じんもん》し甚蔵や代貸など主だった子分の居所を聞き出そうと思った。

竜之介たちは、政次と佐之吉を後ろ手に縛り、猿轡《さるぐつわ》をかませた。そして、人目を引かないように手拭《てぬぐ》いで頬《ほ》っかぶりさせた。

竜之介たちは政次たちを取り囲むようにして歩き、人影のすくない路地や新道をたどって、舟のとめてある駒形町の桟橋まで連れてきた。

桟橋まで来ると、茂平は、「あっしは、これで帰《けえ》りやす」と言い残し、その場を離れた。ここから先は、竜之介たちに任せようと思ったらしい。

竜之介、風間、平十、おこん、それに捕らえた政次と佐之吉を乗せた舟は、大川を下って瀬川屋にむかった。

おこんは浅草に残してきてもよかったが、おこんが、ひとりで家にもどりたくないと口にしたので、連れてきたのだ。

6

竜之介は、捕らえた政次と佐之吉を瀬川屋の離れに連れ込んだ。離れにいた伊吉は外に出し、平十とおこんもなかに入れた。

離れの座敷は、暗かった。座敷の隅に置かれた燭台《しょくだい》の蠟燭《ろうそく》に火が点《とも》され、竜之介たちの顔をぼんやりと浮かび上がらせている。

「佐之吉、ここはどこか分かるか」

竜之介が、佐之吉の前に立った。弟分の佐之吉から先に、訊問するつもりだった。佐之吉の方が、早く口を割るとみたのである。

「分からねえ」

佐之吉が、顔をしかめて言った。

「ここは、地獄の入口だよ。おれの訊いたことに答えなければ、地獄に行ってもらうことになる」

　竜之介が佐之吉を見すえて言った。

　佐之吉は、口をとじたまま横をむいた。顔に、怯《おび》えの色が浮いた。

「おこんを捕らえて、あの家に閉じ込めておいたのは、おまえと政次の考えではないな」

「……」

　佐之吉は、横をむいたまま口を閉じている。

「甚蔵の指図か」

「甚蔵なんてえ男は知らねえ」

「おまえたちが、甚蔵の子分だと分かっている。……甚蔵は、花川戸町から西仲町に来ることがあるのではないか」

「何のことか、分からねえ」

　佐之吉は、白《しら》を切っている。

「すこし、地獄を見せねえと喋《しゃべ》る気にならねえか」

　竜之介の物言いが、急に伝法《でんぽう》になった。

　竜之介は腰に帯びていた小刀を抜き、切っ先を佐之吉の頬に当てて、すこし引いた。ヒッ、と佐之吉は悲鳴を上げ、首を竦《すく》めた。血が頰に赤い筋を引いて流れた。

「甚蔵の指図だな」

竜之介は同じことを訊《き》いた。

だが、佐之吉は喋らなかった。口を引き結んだまま、虚空を睨《にら》むように見据えている。

そばに兄貴格の政次がいるので、佐之吉は喋れないのだろう、と竜之介はみて、風間に指示して政次を離れの外に出した。

「佐之吉、甚蔵の指図で、おこんを監禁していたのだな」

竜之介は、同じことを訊いた。

「知らねえ」

佐之吉は、横を向いてしまった。

竜之介は小刀を手にし、脅しながら佐之吉に訊いたが、口を割らなかった。

「強情なやつだ」

竜之介は、このまま訊問をつづけても佐之吉は、口を割らないとみた。

仕方なく竜之介は佐之吉を外に連れ出し、政次を離れに入れた。そして、佐之吉のときと同じように拷訊《ごうじん》したが、政次も口を割らなかった。

……ふたりとも、地獄を見せないと喋らないようだ。

竜之介は胸の内でつぶやき、横田屋敷に連れていくことにした。横田屋敷で、訊問するのである。

竜之介は風間に、明日、政次と佐之吉を横田屋敷に連れていくことを話した。

「それがしも、お供します」

すぐに、風間が言った。

竜之介は、平十にも、明朝、横田屋敷に政次と佐之吉を連れていくので、舟を出すように話した。舟を使えば、ほとんど歩かずに横田屋敷へ行くことができる。

「承知しやした」

平十はすぐに応《こた》えたが、顔はいくぶん強張《こわば》っていた。平十は横田屋敷で、どのようなことが行われるか知っていたのだ。

翌朝、竜之介は風間が来るのを待って、政次と佐之吉を桟橋に連れていった。平十は舟を出す仕度をしていたが、終わったらしく、

「舟に乗ってくだせえ」

と、竜之介たちに声をかけた。

竜之介と風間は政次と佐之吉を船底に座らせ、自分たちもふたりのそばに腰を下ろした。

「ど、どこへ、連れていくのだ」

政次が、声をつまらせて訊いた。まだ、竜之介は、ふたりに行き先を話していなかったのだ。

「地獄だよ」

竜之介が低い声で言った。

政次と佐之吉は、息を呑《の》んで顔を見合わせている。どこへ連れて行かれるのか、分からなかったようだが、自分たちにとっては恐ろしい場所であることを察知したようだ。

平十は舟を桟橋から離すと、水押《みお》しを川下にむけた。舟は大川の流れに乗って、川下にむかった。舟は、永代橋をくぐると、水押しを右手にむけ、八丁堀を右手に見ながら佃島の西側を南に進んだ。

舟はいっとき南に進み、明石町の家並が近付いてくると、水押しを右手にむけて明石橋の下をくぐった。そして、掘割に入ると、西に進み、西本願寺の裏手にむかった。舟は、武家屋敷を左右に見ながらさらに掘割を進んだ。いっときすると、右手に船寄が見えた。

「舟をつけやすぜ」

平十が声をかけ、舟を船寄に寄せた。

その船寄の近くに、横田屋敷はあった。舟が船寄に着くと、竜之介と風間は舟から下りたが、平十は艫《とも》に立ったまま下りようとしなかった。

「平十、瀬川屋に帰るのか」

竜之介が訊いた。いつもそうである。平十は、横田屋敷に入るのを嫌がった。平十には、賭場《とば》に出入りした経験があった。それで、捕らえられ、横田屋敷で拷問されることを恐れたのだ。

横田屋敷では、捕らえた下手人を訊問《じんもん》するときに拷問蔵《せめぐら》が使われる。そこに、様々な拷問具が置かれていた。なかでも、下手人が恐れたのは、石抱きのときに使われる横田棒だった。

横田棒とは、その名のとおり横田が考案した物で、三角形の角材のことだった。訊問のおりに、下手人を横田棒を並べた上に座らせるのだ。それだけでも痛いが、下手人が白状しない場合、座った腿《もも》の上に平石を積んでいく。

平石の枚数が増えると、脛《すね》の皮膚が破れ、骨にまで食い込む。それでも、白状しなければさらに石を積まれ、骨が砕けてしまうこともある。石抱きによる激痛は想像を絶するほどのもので、いかに剛の者でも口を割ると言われている。

平十は、拷問蔵でどのようなことが行われるか知っていたので、屋敷に近寄るのさえ嫌がったのだ。

「へい、一刻《いっとき》（二時間）ほどしたら、またここに来て、旦那《だんな》たちをお待ちしてやす」

平十が言った。

「そうしてくれ」

竜之介は平十が横田屋敷に入るのを嫌う理由を知っていたので、無理は言わなかった。

竜之介と風間は、政次と佐之吉を連れて横田屋敷にむかった。竜之介たちは横田屋敷の表門をくぐり、与力詰所に立ち寄ったが、与力の姿はなかった。事件の探索にあたっているか、己がかかわっている事件がないので、自邸にいるかである。

竜之介たちは与力詰所を出ると、用人部屋に立ち寄った。用人の松坂清兵衛《まつざかせいべえ》は部屋にいた。

「下手人を吟味したいので、白洲《しらす》を使わせてもらいたい」

竜之介が松坂に言った。

「殿に、お話ししなくていいのか」

松坂が訊《き》いた。

「いや、御頭の手を煩わせるほどのことではないのだ。博奕《ばくち》の科《とが》で、捕らえた者を白洲を借りて訊問するだけだ」

「そうか」

「どうしても、口を割らないようだったら、御頭に頼むかもしれぬ」

そう言って、竜之介は用人部屋を出た。

竜之介と風間が、政次と佐之吉を連れていったのは、屋敷内にある白洲だった。

竜之介は、ふたりを前にし、

「ここで、おれの訊いたことに答えなければ、地獄を見ることになるぞ」

そう言った後、

「おまえたちの親分は、甚蔵だな」

と、念を押すように訊いた。

「知らねえ。おれは、甚蔵なんてえ男は知らねえ」

政次が向きになって言った。

つづいて、竜之介は佐之吉にも訊いてみたが、やはり口をひらこうとしなかった。

「地獄を見せないと、話す気にはならぬか」

竜之介は番人の重吉《じゅうきち》に命じて、ふたりを拷問蔵に連れていくことにした。当初から、拷問蔵でなければ、吐かないとみていたので、すぐにその気になったのだ。

通常、科人の吟味は横田があたるが、竜之介は、政次と佐之吉に対する訊問を頭目の甚蔵を捕らえるためのものと思っていたので、横田の出座を仰がなかったのである。

7

拷問蔵は薄暗く、ひんやりとしていた。一段高い座敷の両側に百目蠟燭《ひゃくめろうそく》が立てられていたが、火は点《つ》いていなかった。蠟燭の火はなくとも、訊問するのに困るほどの暗さではなかったからだ。

土蔵の両側には、様々な拷問具が置かれていた。下手人を叩《たた》く割竹や六尺棒、それに天井からは、釣責《つりぜめ》用の太い縄が下がっている。そうした拷問具のなかでも目を引くのは、石抱き用の角材と平石である。角材のなかには、下手人の血を吸って、どす黒く染まっている物もあった。

竜之介は一段高い吟味の場に座し、拷問蔵にいたふたりの責役《せめやく》の男に、

「佐之吉から始めろ」

と、命じた。竜之介は佐之吉の方が先に口を割るとみたのだ。

すぐに、ふたりの責役は、三角形の角材を運んできて、土間に並べた。その角材はどす黒く染まっていた。これまでの石抱きの拷問で、下手人の足から流れ出た血の痕《あと》である。

佐之吉は恐怖で歩けないのか、ふたりの責役の男に両腕をとられ、引き摺《ず》られるようにして、並べられた角材の上に座らされた。

佐之吉はワナワナと身を震わせ、身を捩《ねじ》るようにして呻《うめ》き声を上げた。角材の上に座っただけでも痛いのだ。

「どうだ、喋《しゃべ》る気になったか」

竜之介が訊いた。

「……………」

佐之吉は顔をしかめ、口を結んでいる。

「石を積め！」

竜之介が責役に声をかけた。

ふたりの責役は平石を一枚運んできて、佐之吉の腿の上に置いた。

ギャッ！　と佐之吉が悲鳴を上げた。激痛で、上半身を捩るように動かしながら、

「喋る！　喋る！」

と、声を上げた。

「初めから喋れば、痛い思いをせずに済んだのに」

竜之介はそう言って、ふたりの責役に平石を取るよう指示した。

佐之吉は石を取り除かれ、責役の手で角材の脇の土間に座らされたが、まだ苦痛に顔をしかめていた。

「佐之吉、おこんを攫《さら》ったのは、親分の指図があったからだな」

竜之介が念を押すように訊いた。

「そう、聞いてやす」

佐之吉が声をつまらせて言った。まだ、体が顫《ふる》えている。

「他にも、何か親分からの指図があったのではないか」

「し、知らねえ」

そう言った後、佐之吉は土間の隅にいる政次に目をやり、

「あっしは、兄いに言われてやっただけで」

と、首をすくめて言った。

「ところで、親分の甚蔵の隠れ家は、どこにある」

「花川戸町と聞いてやす」

「花川戸町のどこだ」

竜之介も、甚蔵の隠れ家は花川戸町にあるとみていた。ただ、花川戸町と分かっただけでは、探すのが難しい。

「行ったことがねえんで、どこか分からねえ」

「そうか」

竜之介は、佐之吉が嘘をついているとは思わなかった。

竜之介は土間にいる風間に目をやり、

「何か、訊くことはあるか」

と、声をかけた。

「ありません」

すぐに、風間が応《こた》えた。

「次は政次だ」

竜之介が責役のふたりに声をかけた。

ふたりは、政次の両腕をとって、並べてある角材の上に座らせた。すると、政次は、竜之介が何も言わないうちに、

「喋りやす！」

と、声を上げた。佐之吉の拷問を見て、恐ろしくなったらしい。それに、佐之吉が話したので、自分が隠しても仕方がないと思ったのだろう。

「角材の上から、下ろしてやれ」

竜之介が責役に声をかけた。

ふたりの責役は政次の両腕をとって角材の上から下ろし、土間に座らせた。

「甚蔵の隠れ家は、どこにある」

竜之介は核心から訊いた。

「花川戸町でさァ」

すぐに、政次が答えた。

「花川戸町のどこだ」

竜之介が語気を強くして訊いた。

「あっしは行ったことがねえんで、分からねえが、料理屋にいると聞いてやす」

「料理屋の名は」

「菊田屋《きくたや》だったか、菊川屋《きくかわや》だったか……」

政次は、首を捻《ひね》った。はっきりしないらしい。

竜之介は、菊田屋であれ菊川屋であれ、探し出すのは容易だと思った。花川戸町に、それほど多くの料理屋はないからだ。

「ところで、原島桑兵衛という男を知っているか」

竜之介が、原島の名を出して訊いた。

「知ってやす」

「原島は、甚蔵のそばにいることが多いのか」

「そう聞いてやす。原島の旦那《だんな》は、親分の用心棒でさァ」

「用心棒か」

そう呟《つぶや》いた後、竜之介は風間に目をやった。そして、風間からも、訊《き》いてくれ、と指示した。

「甚蔵は身を隠している料理屋と、どんなかかわりがあるのだ」

風間が訊いた。

「女将《おかみ》が、親分の情婦《いろ》だったと聞いてやす」

政次が首をすくめて言った。

「その料理屋には、子分たちもいるのか」

「原島の旦那は、いることが多いようでさァ。それに、代貸も出入りしていると聞いていやす」

「そうか」

風間はそれだけ訊くと、身を引いた。

すると、政次が竜之介に顔をむけ、

「あっしの知っていることは、みんな話しやした。帰《けえ》してくだせえ」

と、訴えた。

佐之吉も、「あっしも、帰してくだせえ」と訴えるように言った。

「ふたりとも、帰すことはできん。しばらく、ここで暮らすんだな。いずれ、御頭から沙汰《さた》があるはずだ」

竜之介が言った。

横田屋敷には、牢《ろう》もあった。頭目の甚蔵や子分たちを捕らえた後、横田が政次たちをどうするか決めるだろう。

第五章　出　陣

1

竜之介は小袖《こそで》に裁着袴《たつつけばかま》で二刀を帯び、手に網代笠《あじろがさ》を持っていた。これまでとは違う身装《みなり》だった。甚蔵の子分たちに気付かれないように、身装を変えたのである。

竜之介は瀬川屋の離れから出ると、桟橋にむかった。これから、平十の舟で、花川戸町まで行くつもりだった。風間や茂平たちとは、花川戸町で会うことになっていた。

桟橋まで行くと、平十と千次の姿があった。千次も、竜之介といっしょに舟で花川戸町へ行くのだ。

竜之介は桟橋にいた平十に、

「舟は出せるか」

と、訊いた。

「すぐ、出せやす。乗ってくだせえ」

平十はそう言って先に舟に乗り、艫《とも》に立った。

竜之介と千次は舟に乗り、船底に腰を下ろした。

平十は棹《さお》を巧みに使って桟橋から舟を離し、水押《みお》しを川上にむけた。舟は水面を分けながら川上にむかっていく。

晴天だった。東の家並の向こうに顔を出した朝日が、大川の川面《かわも》を照らし、淡い黄金色に染めている。

竜之介たちの乗る舟は吾妻橋をくぐると、左手に水押しをむけた。左手にひろがっているのが、花川戸町である。

前方に船寄が迫ってくると、

「舟を着けやすぜ」

平十が竜之介に声をかけ、水押しを船寄にむけた。

船寄には、風間と寅六の姿があった。茂平の姿は見えなかったが、来ることになっていたので、近くにいるのだろう。おこんは、花川戸町には、来ないはずだ。甚蔵の子分たちにつかまり、監禁されていたこともあって、子分たちの目のある花川戸町には来ないことになっていたのだ。

舟が船寄に着き、竜之介たちが下りると、風間と寅六が近付いてきた。

「茂平は、どうした」

竜之介が、寅六に訊いた。

「来てやす。通りで、待ってるはずでさァ」

「そうか」

竜之介たちは船寄から出ると、小径《こみち》をたどって大川沿いの通りに出た。そこは賑《にぎ》やかな吾妻橋のたもとから離れていたが、それでも行き交うひとの姿は多かった。

「茂平ですぜ」

平十が言った。

通り沿いに植えてあった桜の樹陰から茂平が姿を見せ、竜之介たちに近付いてきた。

茂平は平十たちの後ろに身を寄せると、竜之介と風間に頭を下げたが、何も言わなかった。いつものように無口である。

「二手に分かれよう」

竜之介が、その場に集まった男たちに目をやって言った。

竜之介たちは、ここにくる前から二手に分かれて、甚蔵や子分たちの身辺を探ると決めていた。六人もで歩きまわる必要はなかったし、大勢だと人目を引いて、甚蔵の子分たちに知れる恐れがあったのだ。

竜之介、平十、千次の三人で組んで甚蔵の隠れ家をあたり、風間は茂平と寅六の三人で、代貸の伊勢蔵や他の子分たちを探ることになっていた。

「風間、原島には手を出すな」

竜之介が念を押すように言った。

竜之介たちは、まだ原島の居所をつかんでいなかった。親分のそばにいることが多いとみていたが、伊勢蔵たちと賭場《とば》に出入りしていることも考えられる。

「承知しました」

風間は顔を厳しくしてうなずいた。

竜之介たち三人は、風間たちから離れると、

「まず、菊田屋か菊川屋を探すのだ」

竜之介が、平十と千次に声をかけた。竜之介は捕らえた政次から、甚蔵は菊田屋か菊川屋という料理屋にいると聞いていたのだ。

竜之介たち三人は、通り沿いの店に目をやりながら川上にむかって歩いたが、料理屋らしい店は見当たらなかった。

「訊《き》いた方が、早いな」

そう言って、竜之介は路傍に足をとめた。

「旦那、そこに米屋がありやす。あっしが、訊いてきやすよ」

平十がそう言い残し、小走りに米屋にむかった。

竜之介と千次は路傍に立って、平十がもどるのを待った。平十は、米屋の親爺《おやじ》らしい男と話していたが、いっときすると戻ってきた。

「平十、知れたか」

竜之介が訊いた。

「へい、菊田屋ってえ料理屋が、この先にあるそうでさァ」

平十によると、二町ほど行った先の左手に浅草寺の門前に通じている道があり、その道の角に菊田屋という料理屋があるという。

「行ってみよう」

竜之介たちは、大川沿いの道をさらに川上にむかって歩いた。その辺りは浅草寺に近いこともあって、賑やかだった。

「旦那《だんな》、料理屋らしい店がありやすぜ」

平十が前方を指差して言った。

半町ほど先に左手にむかう道があり、その道の入口近くに二階建ての料理屋らしい店があった。

竜之介たちは通行人を装って、店の前まで行ってみた。店の出入り口の脇の掛看板に、「御料理　菊田屋」と記してある。

竜之介たちは店の前を通り過ぎてから、路傍に足をとめた。

「あの店だ」

竜之介が菊田屋に目をやって言った。

「どうしやす」

平十が訊いた。千次は、竜之介と平十に目をむけている。

「はたして、甚蔵があの店に身を隠しているかどうか。……近所で聞き込んでみるか」

竜之介が言うと、平十と千次がうなずいた。

2

竜之介、平十、千次の三人はその場で別れ、菊田屋や甚蔵のことを探ってみることにした。

「すこし、店から離れて訊いた方がいいな。どこに、甚蔵の子分たちの目がひかっているか分からないからな」

竜之介は、「甚蔵や代貸の伊勢蔵の名は、こっちから出すな」とふたりに念を押した。ここで、甚蔵たちに気付かれたら、甚蔵の逃走を許すだけでなく。竜之介たちの命が危ないのだ。

竜之介たちは一刻《いっとき》（二時間）ほどしたら、またこの場に戻ることにして別れた。平十と千次は、緊張した面持ちでその場から離れていった。

竜之介は、浅草寺に通じる道に入った。人通りが多く、道沿いには参詣客や遊山客相手の店が並んでいる。

竜之介は道沿いにあった楊枝屋《ようじや》を目にとめた。店先に年増《としま》がいて、客らしい若い男となにやら話していた。楊枝だけなく、歯磨粉も売っているようだ。楊枝屋は床店である。

竜之介は客が店先から離れるのを待って、店先に近付いた。

「楊枝ですか」

年増が訊いた。

「いや、ちと訊きたいことがあってな」

竜之介は、小声で言った。

「実は、おれの妹が浅草寺にお参りにきてな。この近くで遊び人のような男にからまれて、ひどい目にあったらしい。それが、つい四、五日前も、同じ男に跡を尾《つ》けられたらしい」

竜之介は、年増から話を聞き出すために作り話を口にした。

「そうですか」

年増は、眉《まゆ》を寄せた。竜之介の話を信じたらしい。

「放っておいてもいいのだが、妹は信心深くて、浅草寺のお参りには来たいらしい。それでな、その男に二度と妹に手を出すな、と言っておきたいのだ」

「その男の名は、分かっているんですか」

年増が訊いた。

「名は分からぬ」

そう言った後、竜之介は振り返って、菊田屋を指差し、

「そこに、菊田屋という料理屋があるな」

「ありますが」

「どうやら、その男は菊田屋に出入りしているらしいのだ」

竜之介が声をひそめて言った。

「……！」

女が、不安そうな顔をした。

「あの店には、遊び人のような男が出入りしているのか」

竜之介はさらに声をひそめた。

「そうらしいですよ」

年増も声をひそめた。

「まさか、料理屋に、やくざの親分がいるわけではあるまい」

竜之介は、甚蔵の存在を暗に匂わせたのだ。

「わたし、噂を聞いただけで詳しいことは知りませんけど、親分さんが住んでるらしいんです。……菊田屋の女将《おかみ》さん、親分さんのいい女《ひと》らしいの」

女の目に、好奇の色があった。こうした噂話は、嫌いではないらしい。

「すると、子分たちも出入りしてるな」

「わたし、見ました」

年増によると、子分たちは店の表からはあまり出入りしないが、裏手から出入りしているという。

「二本差しも、いるのか」

竜之介は、原島のことを念頭に置いて訊いたのだ。

「御武家さまが、店に出入りするのを見ました。でも、お客かもしれません」

菊田屋には、武士の客がくることもある、と年増が話した。

話がとぎれたところで、竜之介は、「手間を取らせたな」と年増に声をかけて、その場を離れた。それ以上、訊くことはなかったのである。

それから、竜之介は通りを歩き、話の聞けそうな店に立ち寄って、それとなく甚蔵のことを訊いたが、新たなことは分からなかった。

竜之介が平十たちと別れた場所にもどると、千次の姿はあったが、平十はまだだった。竜之介たちが路傍に立って待つと、平十が慌てた様子でもどってきた。

「も、申し訳ねえ。旦那たちを待たせてしまった」

平十が息を弾ませて言った。

「おれから、話そう」

そう言って、竜之介は楊枝屋の年増から訊《き》いたことを一通り話し、

「千次、何か知れたか」

と、千次に目をやって訊いた。

「親分の甚蔵が、菊田屋にいると聞いただけです」

千次が言った。

「あっしは、代貸の伊勢蔵や猪八も姿を見せると聞きやした」

平十が身を乗り出すようにして言った。

「猪八というと、花乃屋という小料理屋に情婦といっしょに住んでる男だな」

「そうでさァ」

「どうやら、菊田屋が甚蔵一家の巣のようだ」

竜之介は、うまくいけば甚蔵一家を一網打尽にできるかもしれないと思った。

竜之介たちが船寄の近くにもどると、路傍で風間たち三人が待っていた。竜之介たちは通りの邪魔にならないよう、道沿いに植えてあった桜の樹陰にまわった。

「まず、おれたちから話す」

竜之介はそう言って、菊田屋のことで聞き込んだことを一通り話した。

「やはり、菊田屋が甚蔵の塒《ねぐら》でしたか」

風間が言った。

「そのようだ」

「賭場《とば》ですが、ひらいていました」

風間によると、賭場はひらいていて客らしい男が何人も入ったという。

「代貸の伊勢蔵や壺《つぼ》振りらしい男も、賭場に入りました」

竜之介が訊いた。

「子分たちは、どれほどいるか分かるか」

「下足番も加えれば、五、六人はいるのではないかと……」

風間は語尾を濁した。はっきりしないのだろう。

「いずれにしろ、何人もの捕方をむけないと無理だな」

竜之介は、明日にも平十の舟で横田屋敷にむかおうと思った。これまで探ったことを御頭の横田に報告するのだ。

3

竜之介は、平十の舟で横田屋敷にむかった。竜之介が風間たちと花川戸町に出かけ、菊田屋に甚蔵がいることを確かめた翌日である。

竜之介はこれまでのことを横田に報告し、横田の出馬を仰いで、甚蔵をはじめ子分たちを捕縛するつもりだった。

竜之介は松坂に会い、御頭に火急にお知らせしたいことがあると話し、横田につないでもらった。

竜之介が松坂に案内された御指図部屋で待つと、横田が姿を見せた。横田は四十過ぎ、剛勇で知られた男である。眉が濃く、鋭い目をしている。

横田は竜之介と対座すると、

「甚蔵のことで、来たのだな」

すぐに、甚蔵のことに話をむけた。横田は、竜之介が鬼甚と呼ばれる甚蔵のことを探っているのを知っていたのだ。

「はい」

竜之介は、あらためて頭を下げた。

「甚蔵の居所をつきとめたのか」

横田が訊いた。

「突きとめました。それで、御頭の御指図を受けるためにまいりました」

「賭場か」

「いえ、料理屋です」

竜之介は、甚蔵は花川戸町にある菊田屋という料理屋に、腕のたつ牢人《ろうにん》や何人かの子分と身を潜めていることを話した。

「賭場は、ひらいてないのか」

「ひらいています。ちかごろは、伊勢蔵という代貸が甚蔵に代わって、賭場をしきっているようです」

「そうなると、菊田屋と賭場に同じ日に踏み込まねばならないな」

「いかさま」

「それで、いつ踏み込む」

横田が訊いた。

「できるだけ早い方がいいのですが、ここから浅草は遠方ですので……」

竜之介は、捕方を差しむける日は、横田に決めてもらうしかないと思った。ここから舟を使えば、ほとんど歩かずに花川戸町まで行けるが、徒歩や馬で向かえば、かなりの道程《みちのり》がある。

「明後日だな」

横田が、明日中に捕方を手配し、明後日の朝、ここを出て浅草にむかうことになると話した。

「心得ました」

竜之介は、あらためて横田に頭を下げた。捕方の手配や指揮は、横田にまかせるしかないのだ。

竜之介は御指図部屋から下がると、横田屋敷を出て船寄にむかった。舟で平十が待っていた。

竜之介が舟に乗り込むと、

「瀬川屋へ、帰《けえ》りやすか」

平十が訊いた。

「そうしてくれ」

竜之介は朝から動きまわったので、疲れていた。瀬川屋の離れで、ゆっくり休もうと思った。

翌朝、竜之介は瀬川屋の離れで、いつもより遅く目を覚ました。これまでの疲れが、体にたまっていたせいらしい。

おいそとお菊が、竜之介と伊吉に朝餉《あさげ》を運んできてくれた。ちかごろ伊吉は、「いつまでも、ただでめしを食わせてもらうわけにはいかねえ」と言って、日中離れを出て瀬川屋の仕事を手伝うようになった。手伝うといっても、板場から座敷に料理を運んだり、宴席の後片付けに手を貸すだけらしい。

「雲井さま、今日もお出かけですか」

おいそが訊いた。

「そうだが、そう長くはかからぬ。そろそろ始末がつきそうだ」

竜之介は、おいそたちが運んでくれた箱膳《はこぜん》を前にして言った。

「お仕事が終わったら、お屋敷に帰るの」

お菊が、竜之介に目をやって訊いた。

「そのつもりだ。此度《こたび》は、長く屋敷をあけたので家の者も心配しているはずだ」

「ずっと、ここにいてくれるといいのに」

お菊が、寂しそうな顔をして言った。

……だが、帰れないかもしれぬ。

竜之介が、胸の内でつぶやいた。

そのとき、竜之介の脳裏に、原島のことが過《よ》ぎったのだ。竜之介は原島の遣う霞《かすみ》薙《な》ぎの剣と勝負するつもりだったが、勝負はどう転ぶか分からなかった。原島に後れをとるようなことになれば、瀬川屋の離れにも、自分の屋敷にも帰れないだろう。


竜之介と伊吉が朝餉を終え、おいそが淹《い》れてくれた茶を飲んでいると、風間が姿を見せた。

「雲井さま、御頭とお会いになったのですか」

風間は、すぐに訊いた。竜之介と横田の話がどうなったか、気になっていたのだろう。

「お会いした。それで、明日、横田さまは花川戸町に捕物にむかうことになった。捕方の一隊は、花川戸町に入ったら二手に分かれる。一隊は賭場に、もう一隊は甚蔵が身をひそめている菊田屋にむかうはずだ」

竜之介はそこまで話して、いっとき間をおいてから、

「おれは、横田さまたちと菊田屋にむかうが、風間はもう一隊とともに賭場《とば》にむかってくれ」

と、言い添えた。

「賭場にむかう一隊は、だれが率いるのですか」

「分からんが、与力の田所《たどころ》どのかもしれん」

竜之介は、ちかごろ田所宗太郎《そうたろう》が博奕《ばくち》の探索や捕縛にあたることが多いことを知っていた。

「そのときは、田所さまの御指図に従えばいいのですね」

「そうだ。……風間、無理をするなよ。伊勢蔵たちを取り逃がしても、手を打つことはできるからな」

竜之介は、伊勢蔵たちも、死に物狂いでむかってくるとみたのである。

風間は無言でうなずいた。風間の顔は、いつになく厳しかった。

4

その日、まだ夜が明けないうちに、竜之介は平十の舟で横田屋敷にむかった。

竜之介は屋敷の前の船寄で舟を下りると、艫《とも》に立っている平十に舟で先に花川戸町にむかい、菊田屋の近くで待っているように話した。

竜之介は横田を始めとする捕方の一隊と花川戸町にむかうが、平十を連れていくわけにはいかなかったのだ。

横田屋敷の庭に、捕方たちが集まっていた。与力の田所宗太郎と石森又十郎《いしもりまたじゅうろう》の姿があった。ふたりとも、横田に命じられたのだろう。白鉢巻に草鞋《わらじ》履きの捕物出役装束に身をかためている。集まっている捕方たちも、鉢巻襷《たすき》掛けで六尺棒の他、袖搦《そでがらみ》、突棒《つくぼう》、刺股《さすまた》の捕物三具と呼ばれる長柄の捕具を持っている者もいた。

竜之介がその場に着いて間もなく、横田がふたりの手先を連れて姿を見せた。横田も捕物装束に身をかためていた。金紋付きの黒塗りの陣笠《じんがさ》に打裂《ぶっさき》羽織、草鞋掛けである。横田の背後で、手先のひとりが馬を連れていた。横田だけは、騎馬で行くらしい。

「花川戸町に、むかうぞ」

横田が、その場に集まっている捕方たちに声をかけた。

竜之介は、横田の乗る馬の前にたった。花川戸町の菊田屋まで案内するのである。与力、同心、それに捕方たちが後につづいた。

まだ、夜が明けず、辺りは暗かった。頭上に星がまたたいている。

火盗改の一隊は、京橋川《きょうばし》にかかる白魚橋《しらうおばし》を渡り、楓川《かえで》沿いの通りをたどって江戸《えど》橋《ばし》を渡った。途中、何人もの捕方がくわり、一行の人数が増えた。ただ、人目を引かないようにすこし間をとって歩いたので、騒ぎたてるような者はいなかった。

もっとも、通行人の姿はあまり目にしなかったのだ。

一隊は内堀沿いの通りから奥州《おうしゅう》街道に出て東にむかい、神田川《かんだがわ》にかかる浅草橋を渡って浅草茅町《かやちょう》に出た。そこは、日光《にっこう》街道だった。北にむかえば花川戸町に出られる。

朝日が東の空に顔を出し、街道を曙《あけぼの》色につつんでいた。朝の早い旅人の姿が、あちこちに見られた。

花川戸町に入って間もなく、通り沿いで風間と数人の捕方が待っていた。風間の脇に、寅六の姿があった。寅六は、風間といっしょに賭場へ行くのだ。

横田の指示で、与力の田所と数人の同心、それに半数に近い二十人ほどの捕方がその場で分かれた。

「おれたちは、この先だ」

一隊の先頭にいた竜之介が、捕方たちに声をかけた。このまま先にむかい、甚蔵たちが身を潜めている菊田屋にむかうのである。

前方に、菊田屋が見えてきた。そのとき、路傍の樹陰から平十が姿をあらわし、竜之介に身を寄せた。

「菊田屋は、変わりないか」

すぐに、竜之介が訊《き》いた。

「へい、まだ、店をひらいたばかりで、客は一組入《へえ》ってるだけですぜ」

平十が言った。

「都合がいいな」

竜之介は、大勢の客が店内で騒ぎ立てると、甚蔵の捕縛が難しくなるとみていた。それで、横田に話して暗いうちに横田屋敷を出たのだ。

すぐに、竜之介は横田に店の客は一組だけだと話した。

「よし、店に踏み込む」

横田が、その場にいた与力や捕方たちにも聞こえる声で言った。

通りかかった者たちは、慌てて菊田屋から離れ、遠くの路傍に立って捕方たちに目をむけている。

「石森、店の裏手をかためろ」

横田が指示した。

すぐに、石森が十人ほどの捕方を連れて、店の脇を通って裏手にむかった。

「御頭、われらは表から」

竜之介が言った。

「よし、踏み込むぞ」

横田が残った捕方たちに聞こえるように声を上げた。

捕方たちは、竜之介と横田を取り囲むように身を寄せた。

竜之介が、菊田屋の入口の格子戸をあけた。近くに人影はなかった。

土間につづいて、狭い板間があった。突き当たりに障子がたててある。その障子の向こうで、「はい、ただいま参ります」と女の声がした。客が入ってきたと思ったらしい。

姿を見せたのは、年増《としま》だった。女将《おかみ》であろうか。店に入ってきた竜之介や捕方たちを見て、凍り付いたようにつっ立った。

「甚蔵はどこだ」

竜之介が声高に訊いた。

「し、知りません……」

年増が声を震わせて言った。

そのとき、右手にあった廊下から若い衆が姿を見せ、

「捕方だ！　親分、逃げてくれ」

と、奥にむかって叫んだ。

「甚蔵は、奥だ」

竜之介は板間に上がった。

「踏み込め！」

横田が叫んだ。その声で、戸口近くにいた同心や捕方たちが踏み込み、竜之介につづいた。

板間の右手に廊下があった。廊下に沿って、障子がたてられている。いくつか、座敷があるようだ。客用の座敷であろう。客の声は聞こえなかった。おそらく、客は二階の座敷にいるのだろう。

廊下の突き当たりに、別の廊下があった。その廊下沿いにも、座敷があるようだ。突き当たりの座敷で、かすかに男たちの声が聞こえた。

そのとき、突き当たりの座敷の障子があいて、ふたりの男が顔を出した。若い衆と武士である。武士は原島だった。

「捕方だ！」

若い衆が叫んだ。

すると、原島は座敷にもどった。その座敷から、「逃げろ！」と原島の声が聞こえた。

「あそこだ！　逃がすな」

竜之介は廊下を走った。

同心をはじめ、十人ほどの捕方が後につづいた。廊下を走る大勢の足音がひびき、男や女の叫び声があちこちで聞こえた。

二階に上がった捕方もいるらしく、廊下を踏む足音や客らしい男の叫び声などが、聞こえた。

5

竜之介は廊下の突き当たりまで行くと、障子を開けはなった。座敷には、四人の男がいた。原島、子分らしい男がふたり、それに初老の大柄な男である。初老の男は鬢《びん》や髷《まげ》に白髪があったが、眼光が鋭く、凄《すご》みがあった。鬼甚とも呼ばれて恐れられている甚蔵のようだ。

「ここから、逃げてくれ！」

子分のひとりが叫んだ。

「逃がすな！」

竜之介が声を上げた。

竜之介が座敷に入ると、同心と捕方たちが座敷に踏み込んできた。捕方のなかには、十手だけでなく、六尺棒や袖搦《そでがらみ》など長柄の捕物具を手にしている者もいる。

捕方たちは、御用！　御用！　と声を上げ、座敷にいた甚蔵たちに、手にした六尺棒や袖搦などをむけた。

「親分を逃がせ！」

原島が叫びざま、抜刀した。

ふたりの子分は甚蔵の前に立ち、懐から匕首《あいくち》を取り出して捕方たちにむけた。興奮と恐怖で顔がひき攣《つ》り、手にした匕首が震えている。

「駒造、裏手から逃げるぞ！」

甚蔵が男のひとりに声をかけ、左手に移動した。

浅黒い顔をした男が、甚蔵の脇につき、手にした匕首を捕方たちにむけた。この男が、小料理屋の桔梗屋に身を隠していた駒造らしい。桔梗屋から親分のいる菊田屋に来ていたのだろう。

竜之介は原島の前に立ちふさがった。原島が、捕方たちに対して刀をふるうと大勢の犠牲者が出る。犠牲者が出るだけではない。甚蔵に逃げられるかもしれない。

「原島、勝負！」

竜之介は、原島をこの場で討ち取ろうと思った。

「また、おぬしか」

原島は、竜之介に切っ先をむけたが、斬り込んでくる気配はなかった。それに、間合もひろくとったままである。いまは、竜之介と立ち合うより、甚蔵といっしょに逃げることを優先させているようだ。

座敷の左手に、襖《ふすま》がたててあった。先にたった子分のひとりが、その襖を開け放った。狭い板間があり、その先が料理場になっていた。流し場や竈《かまど》があった。包丁人らしい男と女中がいる。

「捕方だ！」

包丁人らしい男が、声を上げた。

女中は悲鳴を上げて、板間の奥の背戸をあけて、外に飛び出した。

「板場から、外へ逃げろ！」

原島が声を上げた。

その声で、甚蔵と駒造、それに子分のひとりが、座敷から奥の板間に飛び込んだ。三人につづいて、原島も座敷から出た。

「逃がすな！」

竜之介が叫び、板場に出た。

同心と捕方たちが、後につづいた。板場に残っていた包丁人は、捕方に押さえられた。包丁人は抵抗せず、捕方のなすがままになっている。

竜之介と捕方たちは板場を通り抜け、背戸から外に出た。

背戸から飛び出した甚蔵や原島たちを捕方たちが取り囲んでいた。裏手にまわっていた与力の石森と捕方たちである。

そのとき、捕方のひとりが悲鳴を上げて、身をのけ反らせた。原島を捕らえようとして近付き、斬られたようだ。

竜之介は、すぐに原島の前にまわり込んだ。原島を討たねば、捕方から大勢の犠牲者が出るだろう。

「原島、おれが相手だ」

竜之介は、原島の前に立った。

「そこをどけ！　うぬとの勝負は、後だ」

原島が声高に言った。背後に甚蔵がいたので、甚蔵とともに捕方の手から逃げようとしたらしい。

「逃がさぬ！」

竜之介は原島と対峙《たいじ》し、手にした刀の切っ先をむけた。

「やるしかないな」

原島は、刀を青眼に構えた。

竜之介と原島が対峙したとき、ふたりの捕方が甚蔵の脇に近付き、手にした六尺棒と突棒《つくぼう》をふるった。

六尺棒でたたかれた甚蔵が、悲鳴を上げてよろめいた。すると、何人かの捕方が甚蔵を取り囲むようにまわり込んだ。

「そこをどけ！」

甚蔵が、目をつり上げて叫んだ。興奮と憤怒《ふんぬ》で、体が顫《ふる》えている。

捕方たちは、御用！　の声を上げ、甚蔵に六尺棒と突棒をむけた。甚蔵は、仁王立ちのまま動かなかった。もっとも、動いても逃げ場はなかった。

捕方たちは、背戸から飛び出した駒造と子分のひとりも取り囲み、手にした捕具をむけた。

駒造と子分のひとりは、匕首を手にしていた。ふたりとも目をつり上げ、歯をむき出していた。追い詰められた手負いの獣のようである。

「神妙にしろ！」

捕方のひとりが叫びざま、手にした六尺棒を駒造にふるった。

駒造は咄嗟《とっさ》に身を引いて六尺棒をかわそうとしたが、間に合わなかった。六尺棒の先が駒造の頭を強打し、ゴン、という鈍い音がした。

駒造は手にした匕首を取り落とし、後ろへよろめいた。そこへ、別のふたりの捕方が踏み込み、ひとりが足をからめて駒造を押し倒した。

駒造は捕方たちに押さえ付けられ、早縄をかけられた。観念したのか、駒造は捕方たちのなすがままになっている。この間に、もうひとりの子分も、捕方の手にした六尺棒で頭を殴られ、失神した。

6

竜之介は、原島と対峙していた。ふたりの間合は、およそ二間半──。立ち合いの間合としては近かった。こうした大勢で入り乱れての闘いの場では、どうしても間合が狭くなるのだ。

竜之介は、青眼《せいがん》に構えていた。剣尖《けんせん》が原島の目にむけられている。全身に気勢が満ち、隙がなかった。

対する原島は、八相《はっそう》に構えた。そして、切っ先を背後にむけ、ゆっくりと刀身を倒していく。原島は背後にむけた刀身が、水平になったところでとめた。

竜之介には、原島が握った刀の柄頭《つかがしら》しか見えなくなった。

……霞薙《かすみな》ぎの構えか。

竜之介は驚かなかった。すでに、原島の遣う霞薙ぎの太刀と立ち合ったことがあったからだ。

竜之介は、すぐに剣尖を原島の手にした刀の柄頭につけた。八相に対応する構えをとったのだ。

ふたりは、二間半ほどの間合をとったまま動かなかった。青眼と霞薙ぎの構えをとったまま対峙していた。ふたりは全身に気勢を漲《みなぎ》らせ、斬撃《ざんげき》の気配を見せて気魄《きはく》で攻め合っている。

「いくぞ！」

先《せん》をとったのは、竜之介だった。

竜之介は、足指を這《は》うように動かし、すこしずつ原島との間合を狭めていく。すると、原島も動いた。摺《す》り足で間合を狭め始めたのだ。

ふたりは、互いに相手を引き合うように間合を狭めていく。

……あと、一歩！

竜之介が、斬撃の間境まで一歩と読んだときだった。

……くる！

竜之介が察知した瞬間、原島の全身に斬撃の気がはしった。

イヤアッ！

原島が裂帛《れっぱく》の気合を発して斬り込んだ。

刹那《せつな》、青白い閃光《せんこう》が真横に疾《はし》った。相手の首を狙う霞薙ぎの太刀である。

一瞬、竜之介は身を引きざま体を後ろに倒した。原島の切っ先の伸びを予測していた竜之介は、背を反らせて大きく身を引いた。そのため、自分で斬り込むことはできなかった。

原島の切っ先は、竜之介の首から一尺ほども離れ、空を切って流れた。竜之介は身を引いただけである。

ふたりは大きく間合をとってから、ふたたび青眼と霞薙ぎの構えをとった。

「次は、うぬの首を斬り落とす」

原島が、竜之介を見すえて言った。

「できるかな」

竜之介は、次は躱《かわ》すだけでなく、原島に斬撃を浴びせようと思っていた。

ふたりが青眼と霞薙ぎの構えをとって対峙し、ふたたび間合をつめようとしたときだった。

六尺棒で頭を叩《たた》くような音がし、呻《うめ》き声が聞こえた。甚蔵が捕方のひとりに、六尺棒で頭を叩かれたのだ。

甚蔵はよろめき、足がとまったところへ、別の捕方が甚蔵の後ろから飛び付いて羽交締めにした。

「甚蔵を捕れ！」

石森が叫んだ。

すると、そばにいたふたりの捕方が甚蔵の両脇から近付き、羽交締めにした捕方と三人で、甚蔵をその場に押し倒した。そして、俯《うつぶ》せになった甚蔵の両腕を後ろに取って縛ってから、身を起こした。

こうした動きを目にした原島は、素早く身を引くと、

「雲井、勝負はあずけた」

叫びざま反転した。そして、抜き身を手にして走りだした。甚蔵が捕らえられたのを目にし、逃げる気になったようだ。

「待て！」

竜之介は、原島の後を追った。

原島は菊田屋の裏手をかこった板塀に駆け寄り、切戸から外に飛び出した。竜之介も原島の後を追って、切戸から外へ出た。

そこに、小径《こみち》があった。通りに面した店の裏手に通じる小径で、店の裏口から出入りする奉公人や若い衆などの通り道になっているらしい。

原島の逃げ足は、速かった。竜之介は、半町ほど追ったところで足をとめた。これ以上追っても、追いつかないとみたのである。

竜之介は来た道を引き返し、菊田屋の裏手にもどった。捕物は終わっていた。甚蔵、駒造、それに子分のひとりに、縄がかけられていた。

竜之介がその場にもどって間もなく、菊田屋の背戸から横田と十数人の捕方が姿を見せた。捕方たちが縄をかけた女将《おかみ》らしい年増《としま》、それに包丁人、ふたりの若い衆などを連れていた。竜之介たちの後につづいて店内に踏み込み、残っていた者たちを捕縛したらしい。おそらく、詮議《せんぎ》して罪がなければ放免されるだろう。

横田は縄をかけられた甚蔵を目にし、満足そうに頷《うなず》いた後、

「原島はどうした」

と、竜之介に訊《き》いた。

「面目ございません。逃げられました」

そう言った後、竜之介は、原島が店の裏手の道に飛び出して逃げたことをかいつまんで話した。

「それがしの手で、原島はかならず討ちます」

と、竜之介は強いひびきのある声で言い添えた。

「雲井、頼むぞ」

横田は竜之介に声をかけた後、その場にいた捕方たちに目をやり、「引っ立て

ろ！」と声をかけた。

竜之介は、捕方の一隊が捕らえた甚蔵たちを連れて表の通りに出たとき、

「御頭、田所どのたちが向かった賭場《とば》に行ってみたいのですが。……逃げた原島は、賭場に向かったかもしれせん」

そう言って、横田に目をやった。

「行ってくれるか。賭場の方も、どうなったか気になっていたのだ。雲井が行ってくれれば、心強い」

横田は、すぐに竜之介が賭場へ行くことを承知した。

7

ひとりになった竜之介が、菊田屋の表にまわり、賭場のある方へ向かおうとした。

すると、樹陰から平十が顔を出し、走り寄った。

「旦那《だんな》、どこへ行くんです」

平十が訊いた。

「賭場が気になってな。これから、様子を見に行くつもりだ」

「あっしも、お供しやす」

平十は、竜之介についてきた。

ふたりは、大川端沿いの道を川下にむかって歩き、吾妻橋が近くなったところで、路傍に足をとめた。道沿いに、見覚えのある料理屋があった。その料理屋の脇にある路地を入った先に賭場はある。

「変わりないな」

竜之介が、つぶやいた。料理屋も脇の路地も以前目にしたときと変わりなかった。

「路地に、入ってみよう」

竜之介と平十は、路地に踏み込んだ。

人影のすくない寂しい路地で、通りかかる者も少なかった。竜之介と平十は、前方にある仕舞屋《しもたや》を目にしたところで足をとめた。

「旦那、捕方がいやすぜ」

平十が、仕舞屋を指差して言った。

板塀がめぐらせたあったので、はっきり見えなかったが、仕舞屋の前に数人、捕方らしい男の姿があった。

「おい、まだ、捕物は終わってないぞ」

竜之介が言った。かすかな声だが、仕舞屋の方から、御用！　御用！　という声と、男の怒声が聞こえたのだ。

「行ってみよう」

竜之介と平十は、仕舞屋にむかった。

ふたりは、仕舞屋につづく小径まで来た。戸口近くをかためている捕方のなかに、風間と田所の姿があった。

竜之介と平十が仕舞屋の前まで来ると、風間が気付いて走り寄った。

「代貸の伊勢蔵たちは、まだなかにいるのか」

竜之介が訊いた。

「います。先に踏み込んだ捕方が三人、伊勢蔵たちに押さえられ、踏み込んでくれば、皆殺しにすると言って、立て籠《こ》もっています」

「捕方を人質にとったのか」

伊勢蔵たちは捕方が踏み込んできても、三人の捕方を殺さないだろう、と竜之介はみた。

「それだけではないのです」

風間が言った。

「他にも、何かあるのか」

「踏み込んでくれば、火を放つと言っています」

「火は放つかもしれないな」

伊勢蔵たちは家に火を放ち、捕方の混乱にまぎれて、逃げようとするかもしれない、と竜之介はみた。

「田所どのは、どこにいる」

竜之介が訊いた。

「いま、家のまわりを歩き、踏み込める場所はないか探しています」

「行ってみよう」

竜之介は、風間といっしょに仕舞屋の戸口にむかった。戸口からすこし離れたところに、寅六の姿があった。寅六は、竜之介と平十の姿を目にすると、走り寄った。

竜之介は寅六と平十に、

「近くに身を隠して、伊勢蔵たちのなかに逃げる者がいたら、跡を尾《つ》けて行き先をつきとめてくれ」

と、指示した。竜之介は、立て籠もっている伊勢蔵たちを捕らえるために捕方たちが家に踏み込んでも、寅六たちには外にいて欲しかった。下手に踏み込むと、巻き添えを食うからだ。

ふたりは竜之介から離れて路地にもどると、樹陰に身を隠した。仕舞屋から逃げる者がいれば、跡を尾けて行き先をつきとめるだろう。

竜之介が戸口に近付くと、田所が捕方とともに家の脇から姿を見せた。表にいた捕方が、呼びにいったらしい。

「雲井どの、甚蔵はどうした」

田所が訊いた。

「捕らえた。御頭は、甚蔵と子分たちを連れて御屋敷にむかっている」

「そうか。ここも、何とかしないとな」

田所が、厳しい顔をした。

「代貸たちが、立て籠もっているようだな」

竜之介が言った。

「立て籠もっているのは、四人だ」

田所が、代貸の伊勢蔵と壺《つぼ》振りの宗平《そうへい》、それにふたりの子分のことを口にした。代貸と壺振りの名は、通りかかった近所の者から聞いたそうだ。ふたりの子分の名は知れないという。

「伊勢蔵たちは、家のどこにいる」

竜之介が訊《き》いた。

「奥の賭場をひらく座敷にいる」

「三人の捕方は、縄をかけられているのか」

「縛られて、座敷の隅に集められているようだ」

「裏手からも、賭場へ入れるのか」

「入れる。背戸があって、そこから入れば、すぐに賭場に出られる」

「どうだ、田所どのが、先に捕方を四、五人連れて表から踏み込んでくれんか。すこし遅れて、おれが裏手から踏み込む。伊勢蔵たちが、田所どのに気をとられているうちに、おれが捕らえられた三人の捕方を助けだす」

竜之介が言った。

「そんなことが、できるのか」

田所が戸惑うような顔をした。

「やってみる。伊勢蔵たちがおれに気付いたとしても、人質の三人は殺さないはずだ。座敷に入ってきたのが、ひとりとみれば、おれを殺しに刃物を手にしてむかってくる。捕方たちが、逃げる間はあるだろう」

「そうかもしれん」

「ともかく、やってみよう」

竜之介が、そばにいる捕方たちにも聞こえる声で言った。

8

長助《ちょうすけ》という捕方が先にたって、竜之介を裏手につれていった。

家の裏手の背戸の近くに、五人の捕方がいた。そこで、見張っているらしい。

竜之介は、すぐに背戸に目をやった。心張り棒でもかけられていると踏み込めない。だが、背戸は板が破れ、敷居から外れていた。おそらく、捕方たちが踏み込むために、掛矢《かけや》でぶち壊したのだろう。

「こっちです」

「伊勢蔵たちは、どこにいる」

竜之介が訊いた。

「背戸から入ると、右手に座敷があります。そこが賭場《とば》で、伊勢蔵たちが立て籠もっています」

捕方のひとりが、声をひそめて言った。

「表から、田所どのたちが踏み込む手筈《てはず》になっている。踏み込んできたら、おれが背戸から入って、人質になっている捕方たちを助ける」

「……！」

捕方のひとりが、驚いたような顔をした。竜之介が、ひとりで踏み込むと口にしたからだろう。

「すぐに、背戸から踏み込めるようにしておいてくれ」

「承知しました」

捕方は、そばにいたもうひとりの捕方に声をかけ、ふたりで音のしないように背戸を持ち上げ、すこし脇にずらした。そうしておけば、背戸をはずさずに脇から踏み込める。

竜之介は、はずされた背戸の間から家のなかを見た。土間の先に狭い板間があり、その先が賭場になっていた。

賭場には、盆茣蓙《ぼんござ》が敷いてあった。その脇に、七人の男がいた。人質になった三人の捕方の他に、代貸の伊勢蔵と壺《つぼ》振り、それに子分らしい男がふたりいる。三人の捕方は後ろ手に縛られていた。

竜之介は刀を抜くと、賭場に踏み込む体勢をとって、田所たちが家の表から踏み込むのを待った。

　息のつまるような時が流れた。ふいに、表の戸口の方で、「踏み込め！」という田所の声が聞こえた。つづいて、「踏み込んで、きやがった！」という叫び声が聞こえ、家のなかでドカドカという足音と、御用！　御用！　という捕方の声がひびいた。

「ここにくるぞ！」

　賭場にいた子分のひとりが叫んだ。

　伊勢蔵や子分たちは、捕らえた三人の捕方から離れ、表から賭場へ入る廊下へむかった。踏み込んでくる捕方たちを迎え撃つ気らしい。廊下は狭く、捕方たちは一気に賭場へ踏み込めない。廊下なら、捕方たちの侵入を防げるとみたようだ。

　竜之介は足音を忍ばせて、背戸から板間に踏み込んだ。伊勢蔵たちは、気付かない。竜之介は、捕らえられている三人の捕方に近付いた。幸い三人は、後ろ手に縛られているだけだった。自力で逃げることができそうだ。

　竜之介が三人の捕方のそばに来て、後ろ手に縛ってある縄を刀で切ろうとした。そのとき、伊勢蔵の子分のひとりが振り返り、

「裏手からも来た！」

と、叫んだ。竜之介の姿を目にしたようだ。

「ひとりだ！　安次《やすじ》、殺せ」

と、伊勢蔵が叫んだ。

子分のひとりが、匕首《あいくち》を手にしたまま竜之介に近付いてきた。安次と呼ばれた男である。

安次は目をつりあげ、歯を剝《む》き出していた。牙《きば》を剝いた野獣のような形相である。

竜之介は捕方たちの縄を切るのを諦《あきら》め、

「裏手から逃げろ」

と、声をかけた。

三人の捕方は、後ろ手に縛られたまま背戸にむかった。

竜之介は安次を迎え撃つつもりで、賭場にとどまった。安次は匕首を手にし、竜之介に近付いてきた。そして、二間ほどの間を置いて足をとめ、

「てめえ、捕方か」

と、訊いた。竜之介は捕物装束ではなかったので、そう訊いたのだろう。

「火盗改《かとう》だ」

竜之介が言った。

「な、なに、火盗改だと」

安次の顔に驚きと恐怖の色が浮いたが、すぐに手にした匕首を構えて踏み込んできた。

そして、安次が匕首を突き出した瞬間、竜之介は体を右手に寄せざま刀身を横に払った。一瞬の動きである。

ドスッ、という皮肉を打つ音がし、安次の上半身が折れたよう前にかしいだ。竜之介の峰打ちが、安次の腹を強打したのだ。

安次は苦しげな呻《うめ》き声を上げ、その場にうずくまった。

「外へ出るぞ」

竜之介は安次にかまわず、三人の捕方に声をかけた。

三人の捕方が背戸から外に出ると、戸口にいた仲間の捕方たちが近寄ってきて、三人の捕方の縄を解《ほど》いてやった。

竜之介は捕方たちに目をやり、

「家のなかに、田所どのたちが踏み込んだ。家に立て籠《こ》もっていた伊勢蔵たちが、背戸から逃げ出してくるかもしれん。外に出てきたら、おれたちで捕らえるのだ」

と、声高に言った。すると、外にいた五人の捕方はそれぞれの捕物道具を手にして、背戸の近くに集まった。五人とも勇み立っている。

家のなかで、捕物が始まった。御用！　御用！　という捕方たちの声が聞こえ、男の怒声や悲鳴がひびいた。

賭場から呻き声が聞こえ、足音が背戸に近付いてきた。賭場に立て籠もっていた伊勢蔵たちが逃げてきたのかもしれない。

竜之介は背戸の脇で、身構えた。刀を峰に返し、低い八相にとった。伊勢蔵たちが出てきたら、峰打ちで仕留めるつもりだった。

背戸の脇から、男がひとり姿を見せた。匕首を手にしている。伊勢蔵といっしょにいた子分のひとりらしい。

男は背戸から外に出たが、まわりに捕方がいるのを見て足をとめた。

竜之介が素早く踏み込み、手にした刀を横に払った。ドスッ、という鈍い音がし、竜之介の刀身が男の腹に食い込んだ。峰打ちである。

男は呻き声を上げ、腹を両手で押さえてうずくまった。そこへ捕方たちが走り寄り、男の両腕を後ろにとって縄をかけた。

つづいて壺《つぼ》振りの宗平が、背戸から飛び出してきた。宗平も竜之介の峰打ちを腹にあび、捕方たちに押さえられた。

いっときすると、家のなかの捕物も終わった。家の戸口から踏み込んだ田所たちの一隊が、代貸の伊勢蔵と子分のひとりを捕らえたようだ。

裏手にいた竜之介と捕方たちは、捕らえた宗平と子分のひとりを連れて、家の表にまわった。

田所は、竜之介たちが同行した捕らえられていた三人の捕方を見て、

「雲井どのの御蔭《おかげ》で、三人を死なせずに済んだ。それに、伊勢蔵たちを捕らえることができた」

と言って、安堵《あんど》の色を浮かべた。

その場にいた捕方たちも、ほっとした顔をしている。

第六章　霞薙《かすみな》ぎ

1

「頼みがある」

竜之介が、平十、寅六、千次、茂平の四人を前にして言った。

五人の男がいるのは、瀬川屋の離れである。竜之介が平十に頼んで、寅六たちを集めたのだ。

その場に、おこんの姿はなかった。竜之介は女のおこんには荷が重いとみて、声をかけなかったのだ。

「甚蔵一家の始末はついた。だが、おれにはやらねばならぬことが残っている。なんとしても、おれの手で原島桑兵衛を討たねばならぬ」

竜之介が、顔を厳しくして言った。

竜之介は甚蔵の隠れ家で原島と立ち合い、討つことができずに逃がしていた。原島だけは、自分の手で討ちたかった。

「それで、原島の居所をつきとめて欲しいのだ」

竜之介につづいて、すぐに口をひらく者はいなかったが、

「旦那《だんな》、あっしらが原島の居所を突き止めやす」

と、平十はいつになく真剣な顔をして言った。すると、その場にいた寅六たち三人が、うなずいた。

「むろん、おれも原島の居所を探るつもりだが、闇雲に動きまわっても無駄足を踏むだけだろう」

竜之介はそう言って、男たち四人に目をやり、

「原島が身を隠しているとすれば、甚蔵といっしょに住んでいた花川戸町の菊田屋の近く、それに当初賭場《とば》のあった材木町界隈《かいわい》ではないかとみている。それで、手分けして花川戸町と材木町をあたってもらいたいのだ」

と、言い添えた。

「やりやしょう」

平十が声高に言った。

「おれと平十、千次との三人で、花川戸町をあたる。寅六と茂平とで、材木町をあたってくれ」

竜之介が言うと、四人の男は無言でうなずいた。

「みんなに、言っておくことがある。原島の居所が知れても、隠れ家を見張ったり跡を尾《つ》けたりするな。まず、おれに知らせてくれ」

竜之介は下手に原島に近付いたり、跡を尾けたりすると、斬られるとみたのだ。

それで、竜之介の話は終わった。茂平と寅六が離れを出た後、竜之介は平十に目をやり、

「これから、舟を出せるか」

と、訊《き》いた。瀬川屋の船頭としての仕事が入っていたら、明日にしようと思ったのだ。

「今日は、あいてまさァ」

平十が言った。

「それなら、花川戸町まで舟を出してもらえるか。菊田屋がどうなったか、見ておきたいのだ」

竜之介は、菊田屋が店をひらいているようなら店の者に原島のことを訊く手があるとみたのだ。

「行きやしょう。舟なら、すぐでさァ」

平十が腰を上げた。

七ッ（午後四時）ごろだった。竜之介と千次は、平十の舟で瀬川屋の桟橋を出ると、川上にむかった。

大川の川面《かわも》は西日に照らされて輝き、無数の波の起伏を刻んで両国橋の彼方《かなた》までつづいている。日没ちかくだが、川面を行き交う舟は多く、猪牙舟《ちょきぶね》、箱船、屋形船などが夕陽のなかを行き交っていた。

竜之介たちの乗る舟は、吾妻橋の下をくぐり、花川戸町にある船寄に着いた。

「下りてくだせえ」

平十が声をかけた。

竜之介と千次は船寄に下りると、平十が舫《もや》い綱を杭《くい》にかけるのを待って、大川沿いの通りに出た。

竜之介たちは、通りを行き交う人に目をやりながら、菊田屋にむかった。しばらく川上にむかって歩くと、前方に菊田屋が見えてきた。

三人は菊田屋に足をむけた。

「店はしまってるようですぜ」

平十が言った。

店の入口に、暖簾《のれん》が出ていなかった。竜之介たちは、菊田屋に近付いてみた。店はひっそりとして、話し声も物音も聞こえなかった。

「だれもいないようだ」

竜之介は、菊田屋の脇に立って言った。

「店の女中も包丁人も、いやせん」

平十は店先に目をやっている。

「念のため、近所で聞き込んでみるか」

竜之介は、火盗改《かとうあらため》が店を襲った後、原島の姿を見かけた者がいるのではないかと思った。

竜之介たち三人は、陽が沈む前にこの場にもどることにして別れた。三人いっしょに訊き回ると人目を引くとみたのだ。

ひとりになった竜之介は、川下にむかって歩きながらそば屋、一膳《いちぜん》めし屋、飲屋など、飲み食いできる店を探した。原島は菊田屋に出入りできなくなり、困ったのは飲食だろうとみた。近所に身を隠していれば、そば屋や一膳めし屋などには出入りするのではあるまいか。

竜之介は通り沿いにあった一膳めし屋に目をとめて、店の親爺《おやじ》にちかごろ牢人体《ろうにんてい》の武士が立ち寄らなかったか訊いてみた。親爺は、武士が店にきたことはないと話した。

竜之介はさらに歩き、目についた店に立ち寄って話を訊いたが、やはり武士が立ち寄った店はなかった。

竜之介は諦《あきら》めて、平十たちと別れた場所にもどろうかと思った。そのとき、縄暖簾を出した飲屋が目にとまった。

竜之介は念のため訊いてみようかと思い、飲屋の縄暖簾をくぐった。竜之介の話を聞くと、

「二日前、二本差しが店に来やしたよ」

と、店の親爺が言った。

「来たか。それで、武士の名は分かるか」

すぐに、竜之介が訊いた。

「名は聞いてねえ」

「その武士は総髪で、細い目をしてなかったか」

竜之介が、原島の風貌《ふうぼう》を口にした。

「うちの店で飲んだのは、そのお侍ですよ」

親爺は、断定するように言った。

「その武士は、この店によく来るのか」

「いえ、初めてでさァ。そのお侍は、ちかごろ飲む店がなくなったので、立ち寄ったと話してやした」

「飲む店がなくなったと」

竜之介は、原島がこの店に立ち寄った理由が分かった。これまで、原島は菊田屋で飲んでいたのだ。その菊田屋が店をしめてしまったので、ここに飲みに来たらしい。

……原島の塒《ねぐら》は、この近くにある。

と、竜之介は踏んだ。

それから、竜之介は親爺に武士の住処《すみか》について訊いてみたが、親爺は何も知らなかった。

竜之介が平十たちと別れた場所にもどると、ふたりが待っていた。

竜之介たち三人は、舟が舫ってある船寄にもどりながら、

「俺から話す」

と、竜之介が言って、飲屋の親爺に聞いたことをかいつまんで話した。

「あっしは、原島らしい二本差しを見掛けたという話を聞きやしたぜ。遊び人ふうの男といっしょに、この近くを歩いていたそうでさァ」

平十が言うと、

「おれも、二本差しが遊び人と歩いているのを見たという話を聞きやした」

千次が、身を乗り出すようにして言った。

「どうやら、原島はこの近くにいるようだ」

竜之介は、この近くを探れば、原島の居所はつきとめられるとみた。

2

翌日、竜之介は朝餉《あさげ》を食べると、離れに来た千次とともに平十の舟で花川戸町へむかった。そして、昨日と同じ船寄に舟をとめた。三人は川沿いの道に出て、原島のことを耳にした辺りまで来ると、

「今日も、この辺りで聞き込んでみよう」

竜之介が言い、三人は一刻《いっとき》（二時間）ほどしたら、その場にもどることにして別れた。

ひとりになった竜之介は、原島が立ち寄りそうな一膳めし屋やそば屋など飲み食いできる店で話を訊いた。

原島らしい武士が立ち寄った店もあったが、原島の塒はどこにあるか分からなかった。

一刻ほど経ったので、竜之介は三人で集まる場所にもどった。千次はいたが、平十の姿はなかった。ふたりがその場でいっとき待つと、平十が小走りにもどってきた。平十は竜之介たちのそばに来ると、

「待たせてしまって、申し訳ねえ」

額に浮いた汗を手の甲で拭《ぬぐ》いながら言った。

「まず、俺から話す」

竜之介はそう言って、原島が立ち寄った店はあったが、居所は知れなかったことを話をした。

「おれも、原島のことを聞きやした」

千次が言った。

「千次、話してみろ」

「へい、飲屋の親爺から聞いたんですが、宗次郎《そうじろう》という この辺りに住む遊び人といっしょに飲んだそうです」

千次が上擦った声で言った。

「宗次郎のことなら、あっしも聞きやした」

平十が言って、宗次郎のことを話しだした。

宗次郎はこの辺りで幅を利かせている遊び人で、甚蔵の子分のひとりだったという。

「甚蔵の子分か」

竜之介が念を押すように訊《き》いた。

「子分のようでさァ。甚蔵が身を隠していた菊田屋にも、顔を出すことがあったと聞きやした」

「それで、宗次郎の塒は分かったのか」

「塒かどうか分からねえが、情婦《いろ》に紅屋《べにや》をやらせているようでさァ」

平十が言った。

紅屋は、紅花からとった紅を貝殻や焼物の小皿などに塗って売っている、女相手の商売である。

平十が聞いた話によると、紅屋の裏手に小体な家があり、宗次郎はそこに寝泊まりしているという。

「その家に、原島も身を隠しているかもしれんな」

原島が、長くその家に寝泊まりすることはむずかしいが、一時的に身を隠すことはできる、と竜之介はみた。

「あっしも、そうみやした」

「いずれにしろ、その紅屋にあたってみるか」

竜之介は、紅屋は少ないので、近所の者に聞けば、すぐに場所は知れるとみた。

「行きやしょう」

平十が先にたった。

竜之介たちは大川端沿いの通りをすこし川下にむかって歩き、右手に入る道をすすんだ。そこは、浅草寺の門前に通じている道らしかった。広い通りではなかったが、参詣《さんけい》客や遊山客などが目についた。

平十はいっとき歩いてから路傍に足をとめ、

「その店でさァ」

と言って、道沿いにある紅屋を指差した。

ちいさな店だった。年増《としま》が、ひとりで店番をしている。紅屋は女が店番をしているることが多かった。

その小体な店の後ろに、仕舞屋《しもたや》があった。そこが、住居になっているらしい。

「原島は、店の裏手の家に身を隠しているようでさァ」

平十が声をひそめて言った。

「いまも、いるかな」

「分からねえ。……探ってきやしょうか」

平十が言った。

「どうやって、探るのだ」

「あの紅屋の脇をすこし入れば、家の中の様子が知れまさァ。旦那《だんな》、ここで待っててくだせえ」

平十はそう言い残し、通行人を装って紅屋の前を通り過ぎると、スッと紅屋の脇に身を寄せた。紅屋の店番をしていた年増は、平十が店の脇に身を寄せたことに気付かなかったようだ。

平十は紅屋の裏手の家に近付いたらしく、竜之介の視界から消えた。それから、いっときすると、紅屋の脇に平十が姿をあらわした。平十は踵《きびす》を返して竜之介たちのそばにもどってきた。

「原島は、家にいたか」

すぐに、竜之介が訊いた。

「いやした。宗次郎と、いっしょでさァ」

平十によると、家のなかから男の話し声が聞こえ、ふたりの会話のなかに、原島さまと呼ぶ声が聞こえたという。

竜之介はあらためて、通りに目をやった。行き交うひとが多く、通りで立ち合うと大騒ぎになるだろう。

「原島のいる家の後ろは、どうなっている。立ち合えるような場所は、あったか」

竜之介が訊いた。

「狭い空き地が、ありやしたが……」

平十は首を捻《ひね》った。真剣での立ち合いができるかどうか、平十には分からなかったようだ。

「見てみよう」

竜之介は、平十とともに紅屋の裏手にまわった。千次は、竜之介たちの後からついてくる。

3

紅屋の裏手にあったのは、ちいさな家だった。それでも、部屋は二間、それに裏手に台所がありそうだった。

家の両脇は奥行きのある店で、わずかな空間しかなかった。家の後ろに、狭い空き地があった。雑草で覆われている。

……ここなら、立ち合えそうだ。

と、竜之介はみた。

いまは空き地だが、家のあった跡地かもしれない。丈の高い雑草や足を取られそうな蔓草《つるくさ》はなかった。多少、動きが制約されるが、立ち合うことはできそうだ。

「原島を、ここに呼びだす」

竜之介が語気を強くして言った。

「だ、旦那、風間の旦那たちを連れてきて、お縄にしたら……」

平十が心配そうな顔をして言った。

「いや、武士として、原島とここで勝負したい」

竜之介はそう言った後、

「おれが後れをとったら、平十と千次は風間に知らせ、原島を捕らえるのだ」

と、小声だが、強いひびきのある声で言い添えた。

「いくぞ」

竜之介は、ひとりで家の戸口にむかった。平十と千次は、紅屋の脇に身を隠している。

竜之介は戸口の板戸をあけた。土間の先が、すぐに座敷になっていた。原島と遊び人ふうの男が、貧乏徳利の酒を飲んでいた。遊び人ふうの男が、宗次郎であろう。

「雲井か！」

原島が、脇に置いてあった大刀を手にした。

宗次郎は驚いたような顔をして、竜之介を見つめている。

「原島、勝負しろ。それとも、また逃げるか」

竜之介が原島を見すえて言った。

「おぬし、ひとりか」

原島は、竜之介の背後に目をむけた。

「うぬを討つのに、助太刀はいらぬ。ここにいるのは、おれひとりだ」

竜之介が言った。

「うむ……」

原島はいっとき無言のまま竜之介を見すえていたが、

「いいだろう。今日こそ、おぬしを斬る」

と、語気を強くして言い、大刀を手にしたまま立ち上がった。

「は、原島の旦那！」

宗次郎が戸惑うような顔をして言った。

「すぐ、もどる。この男を始末してな。それまで、おまえは、ここで待っていろ」

原島はそう言うと、戸口に足をむけた。


竜之介と原島は、家の後ろの空き地で対峙《たいじ》した。ふたりの間合は、およそ二間半——。真剣勝負の立ち合いの間合としては、すこし近い。空き地は狭く、雑草地であることもあって、間合が狭くなったのだ。

竜之介は青眼に構えた。原島は八相である。ふたりとも、以前闘ったときと同じ構えである。

「いくぞ！」

原島は八相の構えから刀身をゆっくりと背後に倒し、剣尖《けんせん》を後方にむけた。そして、刀身が水平になったところでとめた。

竜之介の目に、原島の刀身が見えなくなった。刀身の放つ仄白《ほのじろ》い光がかすかに見えるだけだった。霞薙《かすみな》ぎの太刀を放つ構えである。

竜之介は、すでにこの構えと対峙し、原島の遣う霞薙ぎの太刀と闘ったことがあったので驚かなかった。

竜之介は一歩身を引いて、原島との間合を広くとった。原島の横に払う霞薙ぎの太刀の切っ先が、読みより伸びることを知っていたからだ。

「今日こそ、うぬの首を落としてくれる」

原島が先に動いた。

爪先《つまさき》で雑草を分けながら、ジリジリと間合を狭めてくる。

竜之介は青眼に構えたまま動かなかった。気を鎮めたまま、原島との間合と斬撃《ざんげき》の起こりを読んでいる。

原島の足元で、ザッ、ザッと雑草を分ける音が聞こえた。原島がしだいに一足一刀の斬撃の間合に近付いてくる。

ふいに、原島の寄りがとまった。一足一刀の斬撃の間境まで、あと半間ほどある。原島は全身に気勢を漲《みなぎ》らせ、斬撃の気配を見せて、刀の柄《つか》を握った両拳《こぶし》をピクピクと動かした。

牽制《けんせい》である。原島は、構えも気の乱れもない竜之介に、このまま踏み込むのは危険だと察知し、竜之介の気を乱そうとしたらしい。

だが、竜之介の気は乱れなかった。そればかりか、原島が両拳を動かした一瞬の隙をとらえて仕掛けたのだ。

タアアッ！

竜之介は鋭い気合を発し、青眼に構えたまま一歩踏み込んだ。誘いだった。竜之介は原島が斬り込んでくるよう誘ったのである。

次の瞬間、原島の全身に斬撃の気がはしった。

イヤアッ！

原島が裂帛《れっぱく》の気合を発して、斬り込んできた。

刹那《せつな》、竜之介はわずかに身を引いた。

次の瞬間、ヒュッ、という大気を斬り裂く音がし、稲妻のような青白い閃光《せんこう》が真横に疾《はし》った。霞薙ぎの太刀である。

原島の切っ先は、竜之介の胸元をかすめて空を切った。竜之介がわずかに身を引いたため、切っ先がとどかなかったのだ。

次の瞬間、竜之介が斬り込んだ。

真っ向へ——。

その切っ先が、原島の額をわずかにとらえた。

間を置かず、竜之介は大きく背後に跳んだ。原島の二の太刀から逃れたのである。

ふたりは、ふたたび二間半ほどの間合をとって対峙した。

原島の額に赤い線がはしり、血が細い筋をひいて流れ落ちた。竜之介の切っ先が、原島の額をうすく切り裂いたのである。

「原島、勝負あったぞ」

竜之介が、切っ先を原島にむけたまま言った。

「かすり傷だ」

原島は動揺の色を見せなかった。

竜之介を見据えた双眸《そうぼう》が、爛々《らんらん》とひかり、全身に気勢がみなぎっている。原島は額を斬られたことで、気が昂揚《こうよう》しているらしい。

竜之介と原島は、青眼と霞薙ぎの太刀の構えをとったまま対峙していた。ふたりとも、全身に斬撃の気配を見せて気魄《きはく》で攻め合っていた。気攻めである。

どれほどの時が流れたのか、ふたりには時間の流れの意識はなかった。敵を気魄で攻めることに集中していたからだ。

ピクッ、と竜之介の剣尖が動いた。斬り込むと見せた誘いだった。次の瞬間、原島の全身に斬撃の気がはしった。竜之介の誘いに乗ったといってもいい。

原島が甲走《かんばし》った気合を発し、斬り込んできた。

一歩踏み込みざま真横へ——。青白い閃光が疾った。霞薙ぎの一撃である。

だが、この太刀筋を知っていた竜之介は、わずかに身を引いて切っ先をかわすと、鋭い気合とともに斬り込んだ。

袈裟《けさ》へ——。一瞬の攻防だった。

ザクリ、と原島の小袖《こそで》が、肩から胸にかけて裂けた。竜之介の切っ先がとらえたのである。

次の瞬間、竜之介は後ろに跳んで大きく間合をとったが、原島はその場に立ったままだった。原島のあらわになった胸に赤い線が走り、血が流れ出た。血は赤い布をひろげていくように胸から腹にかけて染めていく。

原島はその場に立ったままふたたび、霞薙ぎの太刀の構えをとった。だが、体が揺れ、後方にむけられた刀身も上下に動いている。

「原島、刀を引け！　勝負あった」

竜之介が声高に言った。

「まだだ！」

叫びざま、原島が斬り込んできた。

霞薙ぎの太刀の構えから、横一文字に——。青白い閃光が真横に疾った。霞薙ぎの太刀の斬撃だが、迅《はや》さも鋭さもなかった。

竜之介は一歩身を引いて、原島の切っ先をかわすと、ふたたび袈裟に斬り込んだ。鋭い斬撃である。

原島の肩から胸にかけてふたたび裂け、血が奔騰した。原島は低い呻《うめ》き声を上げて、よろめいた。そして、足がとまると腰から崩れるように転倒した。

地面に俯《うつぶ》せに倒れた原島は、両手を地面に突いて頭をもたげた。そして、何か声を上げようとしたが、苦しげな呻き声が聞こえただけである。

竜之介は原島に身を寄せた。原島は荒い息を吐きながら竜之介を見上げたが、すぐに力尽きて俯せになったまま動かなくなった。

竜之介は原島の脇に立って目をむけていたが、

「死んだ」

と呟《つぶや》き、刀に血振りをくれた。

そこへ、平十と千次が走り寄った。

「旦那《だんな》は強えや！」

平十が感嘆の声を上げた。

千次も息を呑《の》んで、血塗《ちまみ》れになって横たわっている原島に目をやっている。

「おれが、ここに横たわっていても、不思議はない」

竜之介がつぶやいた。本心だった。原島の遣う霞薙ぎの太刀は、恐ろしい技だった。以前、原島と立ち合って霞薙ぎの刀法を知っていたから、何とか勝てたが、そうでなかったら、この場に横たわっていたのは自分ではないかと思った。

そのとき、家の戸口から宗次郎が顔を出し、原島が血塗れになっているのを目にした。すると、宗次郎は家から飛び出し、紅屋の脇へむかった。逃げるつもりらしい。

「旦那、宗次郎が逃げやす」

平十が指差して言った。

「放っておけ」

竜之介は、宗次郎も甚蔵や原島のような後ろ盾を失い、町をふらついている遊び人のひとりに過ぎないと思った。

「平十、舟で瀬川屋に帰るか」

「へい！」

平十が声を上げた。

4

竜之介は、雲井家の屋敷にいた。縁側に面した座敷で横になり、手枕をしてうつらうつらしていた。朝餉《あさげ》の後、縁側に出て庭を眺めていたのだが、日差しが強くなったので、座敷に入ったのである。

書見でもしようと思ったのだが、眠くなって横になったのだ。

竜之介が原島を討ち取って、五日が過ぎていた。一昨日まで、竜之介は瀬川屋の離れにいたのだが、やることがなく、長い間留守にしていた雲井家の屋敷に帰ったのである。

竜之介が眠りかけたとき、廊下を忙しそうに歩く足音がした。母親のせつである。足音は竜之介のいる座敷の前でとまった。

「竜之介、いるの」

障子の向こうでせつの声がした。

「いますよ」

竜之介は身を起こした。

すぐに、障子があいてせつが顔を出した。慌てているような顔をしている。

「どうしました」

竜之介が訊《き》いた。

「風間どのが、見えてますよ」

「風間ひとりですか」

「おひとりです」

「それなら、ここに通してください。何か話があって来たようだ」

そう言って、竜之介は身を起こした。

竜之介は立ち上がり、庭に面した障子をすこし開けた。座敷には、ムッとするような熱気があったので、庭木の間を渡ってきた風を入れようと思ったのだ。

待つまでもなく、廊下を歩くふたりの足音がし、「竜之介、入りますよ」とせつが声をかけた。

「入ってくれ」

竜之介が声をかけた。

すぐに、障子があいてせつと風間が入ってきた。

「風間、座ってくれ」

竜之介が声をかけると、風間は竜之介の前に腰を下ろした。

風間といっしょに座敷に入ってきたせつは、いったん竜之介の脇に座ったが、

「お茶を淹《い》れましょうね」

と、言って、立ち上がった。竜之介と風間のふたりだけで話ができるように、気を利かせたようだ。

竜之介はせつの足音が遠ざかるのを待って、

「風間、何か話があるのか」

と、訊いた。

「はい、昨日、御頭のお屋敷に行き、その後のことを松坂さまにお聞きしたので、

雲井さまのお耳にいれておこうと思い、お邪魔したのです」

風間は丁寧な物言いをした。御頭とは、火盗改《かとうあらため》を率いる横田のことである。

「話してくれ」

「当初、甚蔵は御頭に訊かれても、何も答えなかったようです」

「それで、どうした」

竜之介が話の先をうながした。

「御頭は、甚蔵を拷問にかけたようです。……さすがに、甚蔵も腿《もも》の上に置かれる石が二枚になったときに音を上げて口を割ったそうです」

「石抱きの拷問に、耐えられる者はいないからな」

「甚蔵は浅草一帯を縄張りにしていた親分で、博奕《ばくち》だけでなく露店や見世物小屋から場所代を脅しとったりしていました。……それに、甚蔵は表には出ず、陰で子分たちを動かしていたようです」

「そうだろうな」

竜之介たちが手を焼いたのも、甚蔵が表に出ずに身を隠していたため、居所がなかなかつかめなかったからである。

「原島のことも、何か話したか」

竜之介が訊いた。

「はい、当初甚蔵は原島に賭場《とば》の用心棒を頼んでいたようですが、探索の手が己にむけられているのを知り、原島を身近におくようになったようです」

「それで、原島も菊田屋にいたのだな」

「原島も賭場の用心棒より、菊田屋にいた方がよかったのかもしれません。好きなように飲み食いできるし、遊びに出かけることもできたようですから」

「いずれにしろ、これで始末がついたわけだ」

竜之介がそう言ったとき、廊下を歩く足音が聞こえた。

障子があいて姿を見せたのはせつだった。せつは、湯飲みをふたつ載せた盆を手にしていた。竜之介と風間に茶を淹れてくれたらしい。

せつは、「お茶が、はいりましたよ」と言って、竜之介と風間の膝先に湯飲みを置くと、竜之介の脇に座った。ふたりの話にくわわるつもりらしい。

せつは、竜之介と風間が茶を口にするのを待ってから
「事件があると、竜之介が家をあけるので困っているんです」

そう言って、眉《まゆ》を寄せた。

竜之介は胸の内で、また始まったか、と思ったが何も言わなかった。せつは、竜

之介が事件にかかわると、家をあけて瀬川屋の離れに寝泊まりするのに困惑しているのだ。

「この家にいては、御役目が果たせないのですか」

せつが、風間に縋《すが》るような目をむけて訊いた。

「そ、それは、雲井さまのお立場があって……」

風間が言い淀《よど》んだ。

竜之介は苦笑いを浮かべて、せつに目をやっている。何度も聞かされたせつの愚痴なので、言いようがなかったのだ。それに、風間も、せつから何度か聞いている。

「瀬川屋さんには、お菊さんというお綺麗《きれい》なお嬢さんがいますね」

せつが、お菊の名を出した。

「います」

すぐに、風間が言った。

「竜之介が瀬川屋に入り浸っているのは、お菊さんのせいもあるのかもしれませんね」

「母上、お菊はまだ子供ですよ」

竜之介が慌てて言った。

「いいえ、お菊さんは十六歳と聞いています。わたしが、この家に嫁にきた歳とあまり変わりませんよ」

「は、母上、その話は……」

竜之介が声をつまらせた。顔が赤くなっている。

「お菊さんが、嫁に来てくれれば、竜之介も家にいてくれるでしょうし、そのうち赤児も産まれるでしょうし、こんなに喜ばしいことはないのです」

せつが、涙ぐんで言った。

……お菊を嫁にもらってもいい。

と、竜之介は思ったが、口にしなかった。

竜之介が、その気になっても、お菊がどう思っているか分からない。それに、家で、母親とお菊のふたりと二六時中顔を突き合わせていたら、事件にかかわらないときも、瀬川屋の離れでのんびり暮らしたくなるのではあるまいか。

「母上、どうです。近いうちに、瀬川屋の舟で深川《ふかがわ》の八幡様《はちまん》のお参りにでもいきませんか。父上もごいっしょに」

竜之介が言った。父の孫兵衛は、隠居した後、碁敵の家に出かけることが多かったが、竜之介が声をかければ、喜んで行くだろう。それに、舟を使えば大川と掘割をたどり、ほとんど歩くことなく、富ケ岡八幡宮《とみがおかはちまんぐう》の門前近くまで行くことができる。

「帰りに、美味《おい》しいものでも食べましょうか」

せつが、嬉《うれ》しそうな顔をして言った。竜之介が家をあけることも、お菊のことも胸の内から消えたようだ。

竜之介は一難去ったが、父母のお供で八幡さまのお参りという新たな難儀のことを思って、苦笑いを浮かべた。

本作品は、書き下ろしです。

新《しん》火《か》盗《とう》改《あらため》鬼《おに》与《よ》力《りき》

御用《ごよう》聞《き》き殺《ごろ》し

鳥《と》羽《ば》 亮《りよう》

令和元年 5月25日 初版発行

発行者●郡司 聡

発行●株式会社KADOKAWA
〒102-8177 東京都千代田区富士見2-13-3
電話 0570-002-301(ナビダイヤル)

角川文庫 21635

印刷所●旭印刷株式会社
製本所●本間製本株式会社

表紙画●和田三造

◎本書の無断複製（コピー、スキャン、デジタル化等）並びに無断複製物の譲渡および配信は、著作権法上での例外を除き禁じられています。また、本書を代行業者などの第三者に依頼して複製する行為は、たとえ個人や家庭内での利用であっても一切認められておりません。
◎定価はカバーに表示してあります。
◎KADOKAWA カスタマーサポート
［電話］0570-002-301（土日祝日を除く 11 時～13 時、14 時～17 時）
［WEB］https://www.kadokawa.co.jp/（「お問い合わせ」へお進みください）
※製造不良品につきましては上記窓口にて承ります。
※記述・収録内容を超えるご質問にはお答えできない場合があります。
※サポートは日本国内に限らせていただきます。

©Ryo Toba 2019 Printed in Japan

ISBN 978-4-04-108320-8 C0193

◇◇◇

角川文庫発刊に際して

角　川　源　義

第二次世界大戦の敗北は、軍事力の敗北であった以上に、私たちの若い文化力の敗退であった。私たちの文化が戦争に対して如何に無力であり、単なるあだ花に過ぎなかったかを、私たちは身を以て体験し痛感した。西洋近代文化の摂取にとって、明治以後八十年の歳月は決して短かすぎたとは言えない。にもかかわらず、近代文化の伝統を確立し、自由な批判と柔軟な良識に富む文化層として自らを形成することに私たちは失敗して来た。そしてこれは、各層への文化の普及滲透を任務とする出版人の責任でもあった。

一九四五年以来、私たちは再び振出しに戻り、第一歩から踏み出すことを余儀なくされた。これは大きな不幸ではあるが、反面、これまでの混沌・未熟・歪曲の中にあった我が国の文化に秩序と確たる基礎を齎らすためには絶好の機会でもある。角川書店は、このような祖国の文化的危機にあたり、微力をも顧みず再建の礎石たるべき抱負と決意とをもって出発したが、ここに創立以来の念願を果すべく角川文庫を発刊する。これまで刊行されたあらゆる全集叢書文庫類の長所と短所とを検討し、古今東西の不朽の典籍を、良心的編集のもとに、廉価に、そして書架にふさわしい美本として、多くのひとびとに提供しようとする。しかし私たちは徒らに百科全書的な知識のジレッタントを作ることを目的とせず、あくまで祖国の文化に秩序と再建への道を示し、この文庫を角川書店の栄ある事業として、今後永久に継続発展せしめ、学芸と教養との殿堂として大成せんことを期したい。多くの読書子の愛情ある忠言と支持とによって、この希望と抱負とを完遂せしめられんことを願う。

一九四九年五月三日

角川文庫ベストセラー

雲竜　火盗改鬼与力　鳥羽　亮

町奉行とは別に置かれた「火付盗賊改方」略称「火盗改」は、その強大な権限と広域の取締りで凶悪犯たちを追い詰めた。与力・雲井竜之介が、5人の密偵を潜らせ事件を追う。書き下ろしシリーズ第1弾！

闇の梟　火盗改鬼与力　鳥羽　亮

吉原近くで斬られた男は、火盗改同心・風間の密偵だった。密偵は、死者を出さない手口の「梟党」と呼ばれる盗賊を探っていたが、太刀筋は武士のものと思われた。与力・雲井竜之介が謎に挑む。シリーズ第2弾。

入相の鐘　火盗改鬼与力　鳥羽　亮

日本橋小網町の米問屋・奈良屋が襲われ主人と番頭が殺された。大黒柱を失った弱みにつけ込み同業者が難題を持ち込む。しかし雲井はその裏に、十数年前江戸市中を震撼させ姿を消した凶賊の気配を感じ取った！

百眼の賊　火盗改鬼与力　鳥羽　亮

火事を知らせる半鐘が鳴る中、「百眼」の仮面をつけた盗賊が両替商を襲った。手練れを擁する盗賊団「百眼一味」は公然と町奉行所にも牙を剝く。ひるむ八丁堀をよそに、竜之介ら火盗改だけが賊に立ち向かう！

夜隠れおせん　火盗改鬼与力　鳥羽　亮

待ち伏せを食らい壊滅した「夜隠れ党」頭目の娘おせん。父の仇を討つため裏切り者源三郎を狙う。一方、火盗改の竜之介も源三郎を追うが、手練二人の挟み撃ちに…大人気書き下ろし時代小説シリーズ第6弾！

角川文庫ベストセラー

極楽宿の刹鬼
火盗改鬼与力

鳥羽　亮

火盗改の竜之介が踏み込んだ賭場には三人の斬殺屍体が。事件の裏には「極楽宿」と呼ばれる料理屋の存在があった。極楽宿に棲む最強の鬼、玄蔵。遣うは面斬りの太刀！　竜之介の剣がうなりをあげる！

火盗改父子雲

鳥羽　亮

日本橋の薬種屋に賊が押し入り、大金が奪われた。逢魔が時に襲う手口から、逢魔党と呼ばれる賊の仕業と思われた。火付盗賊改方の与力・雲井竜之介と引退した父・孫兵衛は、逢魔党を追い、探索を開始する。

二剣の絆
火盗改父子雲

鳥羽　亮

神田佐久間町の笠屋・美濃屋に男たちが押し入り、あるじの豊造が斬殺された上、娘のお秋が攫われた。火盗改の雲井竜之介の父・孫兵衛は、息子竜之介とともに下手人を追い始めるが……書き下ろし時代長篇。

いのち売り候
銭神剣法無頼流

鳥羽　亮

銭神刀三郎は剣術道場の若師匠。専ら刀で斬り合う命懸けの仕事「命屋」で糊口を凌いでいる。旗本の家士と相対死した娘の死に疑問を抱いた父親からの依頼を受け、刀三郎は娘の奉公先の旗本・佐々木家を探り始める。

新火盗改鬼与力
風魔の賊

鳥羽　亮

日本橋の両替商に賊が入り、二人が殺されたうえ、千両余が盗まれた。火付盗賊改方の与力・雲井竜之介は、卑劣賊なを追い、探索を開始するが―。最強の火盗改鬼与力、ここに復活！